내일을 생각하는 오늘의 식탁

내일을 생각하는 오늘의 식탁 (큰글씨책)

초판 1쇄 발행 2020년 5월 8일

지은이 전혜연
펴낸이 강수걸
편집장 권경옥
펴낸곳 산지니
등록 2005년 2월 7일 제333-3370000251002005000001호
주소 부산시 해운대구 수영강변대로 140 BCC 613호
전화 051-504-7070 | 팩스 051-507-7543
홈페이지 www.sanzinibook.com
전자우편 sanzini@sanzinibook.com
블로그 sanzinibook.tistory.com

ISBN 978-89-6545-049-8 03810

* 책값은 뒤표지에 있습니다.
* 이 도서의 국립중앙도서관 출판예정도서목록(CIP)은 서지정보유통지원시스템
홈페이지(http://seoji.nl.go.kr)와 국가자료공동목록시스템(http://www.nl.go.kr/
kolisnet)에서 이용하실 수 있습니다.(CIP제어번호: CIP2020016434)

일상의 스펙트럼 01

내일을 생각하는
오늘의 식탁

전혜연

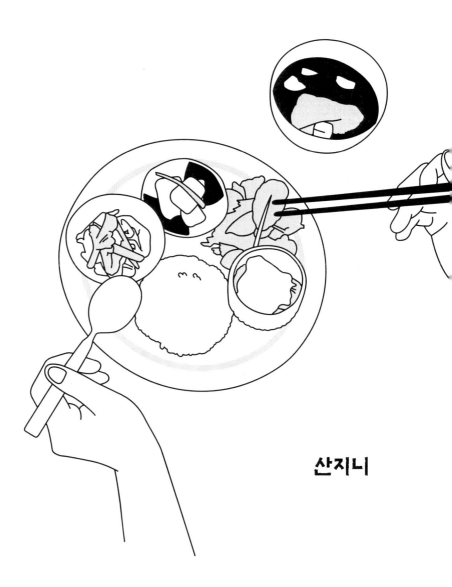

산지니

차례

마크로비오틱 쿠킹 스쿨 리마에 오다

38도, 태양이 작열하는 7월 말의 이케지리 오오하시. 뜨거운 여름날 나는 도쿄로 돌아왔다. 이번에는 회사원이 아니었다. 마크로비오틱(macrobiotic)을 배우기 위해서 잘 다니던 회사를 퇴사했다. 10년의 일본 생활 동안 6년을 지낸 도쿄는 반년 전 출장으로도 다녀왔기에, 두근거리는 여행자의 마음은 없었다. 도착한 다음 날, 밤낮으로 서서 요리를 할 걱정에 편한 샌들을 사러 시부야에 들른 것 외에는 주로 숙소 근처에서 일상을 지냈다.

마크로비오틱 수업은 리마 외에도 여러 곳

에서 진행하고 있다. 우리나라에도 수업이 있지만 나는 꼭 리마에서 마크로비오틱을 배우고 싶었다. 가장 큰 이유는 식생활에 국한된 마크로비오틱이 아닌, 사쿠라자와 유키카즈(桜沢 如一, 1893~1966)가 생각하는 세계관까지 제대로 배우기 위해서였다. 마크로비오틱은 일본인 사쿠라자와 유키카즈가 제창한 생활법에 관한 개념이다. 그는 이 개념을 해외에 보급하고자 제자들을 유럽과 미국에 보내 마크로비오틱을 알렸다. 또한 아내인 사쿠라자와 리마(桜沢 里真, 1899~1999)와 함께 집에서 요리 수업을 시작하였는데, 이것이 쿠킹 스쿨 리마의 시초가 됐다. 리마는 마크로비오틱의 기본을 지키면서도 시대의 변화에 맞는 커리큘럼과 메뉴를 개발해왔다.

리마에서는 100퍼센트 식물성 재료를 사용한 메뉴를 가르친다. 마크로비오틱은 동물성 식품을 배제한 곡물 채식을 권장하지만 어디까지나 '권장'이어서 동물성 식품을 사용하는 요리교실도 있다. 자녀를 둔 여성 수강생이 많다 보니 가족과 함께하는 식사를 위해 동물성 식품을 사용한 메뉴를 가르치기도 한다. 하지만, 리마에

서는 밀로 만든 고기 같은 식물성 단백질 가공식
품을 직접 만들 수 있는 방법을 알려준다. 고로
케나 디저트도 동물성 식품을 쓰지 않고 가족과
함께 즐길 수 있는 메뉴를 개발하여 가르친다.

간혹 식사를 함께할 때 '내가 네 앞에서 고
기를 뜯어도 되겠냐'며 묻는 지인들이 있다. 나
는 육식을 부정하지는 않는다. 다만, 싼값에 고
기를 먹기 위해 동물에게 고통을 주고 환경을 해
치는 공장식 축산업은 내가 추구하는 '조화로운
삶'과는 거리가 있다고 생각한다. 그래서 몇 년
전부터 동물성 식품을 배제하는 채식을 단계적
으로 실천했다. 지금은 육류, 해산물은 물론, 유
제품과 난류까지 배제한 비건 베저테리안(vegan
vegetarian)에 가까운 생활을 하고 있다.

일본에 도착한 지 사흘째, 리마의 첫 수업에
참석하였다. 첫 수업은 리마에서 오랫동안 기초
수업을 담당한 모리 선생님이 맡았다. 모리 선생
님의 명성은 익히 들어 알고 있었다. 마크로비오
틱 이론을 적용한 양식과 중식 요리가 늘고 있지
만, 리마 선생님 시절부터 전해온 마크로비오틱
의 기본 요리를 이론과 함께 철저하게 가르치기

로 유명하신 분이다.

카리스마 넘치는 모리 선생님다운 간단한 인사가 끝나자마자 바로 실습에 들어갔다. 찬장에 늘어선 나무 도마와 바짝 날이 선 칼을 보며, 칼질을 할 생각에 부풀었다. 하지만 선생님이 꺼낸 것은 칼과 도마가 아닌 납작한 그릇이었다. 그러고는 그릇에 현미를 고루 펼쳐놓으셨다.

"우선 현미 손질을 시작해볼까요. 쌀겨가 벗겨지지 않은 것이나, 벌레 먹은 것이 있다면 가려내세요."

직장 동료들이 선물해준 앞치마가 무색해지는 제안이었으나, 쌀알을 골라내는 것은 시작에 불과했다. 쌀을 보관하는 법, 쌀을 씻을 때 손에 힘을 주는 정도 등, 쌀을 씻는 동안에도 선생님은 설명을 멈추지 않으셨다. 쌀을 씻고 밥을 불에 얹고 나서야 드디어 칼을 쥘 수 있었다. 하지만 다른 조리를 하다가도 불 조절을 해야 할 때는 바로 조리를 멈추고 밥에 대한 설명으로 넘어갔다. 선생님은 첫 수업에서 현미를 씻는 방법에서 시작해서 음양의 밸런스를 맞추면서도 소화가 잘되고 맛있게 현미밥을 짓는 비결을 두 시간

반에 걸쳐 꼼꼼히 설명하셨다.

　현미밥 한번 짓는 데 이렇게 시간을 쏟았으니 오늘 식사는 현미밥뿐이려나 하는 생각이 들 정도였다. 하지만 모리 선생님의 명쾌한 지도와 보조 선생님들의 일사불란한 지원에 미소국을 포함해 몇 가지 반찬을 곁들인 밥상을 순식간에 차릴 수 있었다.

　실습을 마친 리마의 식탁은 단출했다. 식탁보를 깔고 꽃으로 장식한 식탁이 연상되는 일반적인 쿠킹 클래스의 모습과는 사뭇 달랐다. 배경음악 대신 식사 중에도 선생님은 마크로비오틱 요리의 기본을 설명하셨다. 그 기본이란 예전부터 일본인들이 먹어온 일반적인 가정식이다. 우리 음식으로 생각한다면 현미밥과 된장국, 김치와 몇 가지 채소 반찬일 것이다. (하지만 같은 된장국, 채소 반찬이어도 체질과 컨디션에 따라 어떤 조리를 할 것인지는 마크로비오틱 해석이 필요하다.)

　첫 수업을 마치면서 내가 리마에 기대하던 것을 정확하게 얻었다는 걸 깨달았다. 마크로비오틱 이론을 응용한 다양한 요리 방법을 직접 보고 따라 하면서 배울 수 있어서 좋았다. 그리고 무엇보다 리마 선생님 때부터 내려오던 음식을 기초부터 꼼꼼히 배우고, 책과 인터넷으로는 전해지지 않는 향, 식감, 색깔을 오감으로 느끼면서 마크로비오틱의 세계를 인식할 수 있었다. 그동안 혼자 마크로비오틱을 공부하며 쌓인 궁금증과 해소되지 않던 갈증을 이곳에서 풀어낼 수 있으리란 확신이 들었다.

리마를 찾은 사람들과 함께 생각한 '건강한 삶'

많은 사람들이 커리어의 변화 또는 발전을 위해 전문적으로 요리를 가르치는 교육기관을 찾는다. 하지만 쿠킹 스쿨 리마의 경우는 조금 달랐다. 직업은 물론, 연령대와 사는 지역까지 다양한 사람들이 리마를 찾는다. 이들의 공통점이 한 가지 있는데, 모두 건강을 되찾는 데에 관심이 있다는 것이다.

고베에서 신칸센을 타고 온 요시다 씨는 영상 제작소에서 촬영 일을 하고 있다. 큰 병이 있는 것은 아니지만 평소 건강한 라이프 스타일에 관심이 있다는 요시다 씨는 정작 촬영장에서 나

뉘 주는 값싼 도시락을 먹으며 지냈다. 하지만 집에서 요리를 할 때만이라도 건강한 식생활을 실천하고 싶어 여름휴가 대신 리마의 수업에 참여했다.

사사키 씨는 피부에 대한 고민으로 리마를 찾았다. '고작 피부 때문에?'라고 생각할지도 모르지만, 어느 날 온 양팔에 붉은 염증이 생긴다면 무섭기까지 할 것이다. 누군가가 볼까 긴 옷을 덮어 감추었지만 가려워서 고통스럽다고 했다. 38도에 육박하는 날씨에도 사사키 씨는 늘 소매가 긴 옷을 입고 있었다. 그럼에도 내내 밝은 표정으로 수업에 임하고 유쾌한 분위기를 이끌었기 때문에, 사사키 씨의 이야기를 듣고 팔을 보기 전에는 그런 사연으로 이곳을 찾았을 거라고는 생각도 하지 못했다.

그 밖에도 어린 나이에 생리가 끊긴 친구, 불임으로 고민하다가 비행기를 타고 온 분, 남편의 동맥경화를 고쳐주고 싶은 분 등 각자 다른 고민으로 리마를 찾아왔다.

나 또한 이곳에 오기까지 사연이 있었다. 교토에서 대학을 졸업하고 도쿄로 올라와, 시가총

액 10조 원의 대기업에 취직했던 나는 승승장구하는 듯했다. 경영전략 팀에 배정받은 유일한 신입 사원. 매번 대규모 프로젝트 팀에 투입되었다. '회사에서 기대하는 존재'라는 인식이 머릿속에 자리하면서 그 기대에 부응하고 싶었다. 누구보다 일찍 출근했고 회사 불을 끄며 퇴근했다. 식사 시간도 아까워 한 손에는 편의점 빵을 들고 먹으며 한 손으로는 키보드를 두드리며 일했다. 피곤할 때는 초콜릿과 에너지드링크가 내 기운을 북돋아주고, 마음이 지칠 때는 한밤중에도 편의점으로 뛰어가면 맥주와 안주들이 나를 기다리고 있었다.

그렇게 스스로를 해치고 있었다. 좀처럼 낫지 않는 여드름과 내 건강검진표에 있을 거라고는 상상도 못 했던 '비만'이라는 글자. 간 기능 수치는 정상 범위를 넘었다. 마음도 지쳐 있었다. 자리에 앉아 컴퓨터를 마주해도 나는 아무런 의사 결정을 할 수 없었다. 대수롭지 않게 넘기지 말고 꼭 병원을 찾으라는 친구의 조언으로 병원을 찾았고 나는 휴직을 권고받았다. 휴직서를 제출하고 건강을 되찾기 위해 주방으로 돌아갔다. 그때 필연처럼 마크로비오틱을 만났다.

단 음식과 술에 의지해 살았기에 처음에는 쉽지 않았지만 천천히 가기로 했다. 현미밥부터 시작해 제철 채소 반찬 중심으로 식단을 바꿔갔다. 신나게 소시지를 구워 먹으며 살던 나는 첨가물을 피하고 시판 루(roux, 가루를 지방에 볶아 소스를 걸쭉하게 만드는 농후제)와 버터, 밀가루 한 톨 없이도 그럴싸한 스튜를 만들게 됐다. 점점 동물성 식품은 줄어들고 내 찬장에는 곡식이 늘어갔다.

마크로비오틱 식생활을 실천하며 나는 몰라보게 달라졌다. 휴직 전에 입던 바지와 치마는 너무 커서 입을 수 없었고, 넉 달 뒤에는 간 기능 수치가 완벽히 정상 범위로 돌아왔다. 지긋지긋하게 나를 괴롭히던 여드름도 사라졌다. 무엇보다 가장 많이 달라진 건 내 마음이었다. 오롯이 나를 위해 시간을 쓰고 밥상을 차리면서 스스로에게 솔직해졌다. 회사의 기대에 부응하고 싶었지만 그 기대에 부응하는 결과를 내놓아도 행복하지 않았다. 누군가에게 떠밀려서가 아니라 나를 존중하는 선택을 하며 살고 싶다는 생각이 들었다. 나의 삶을 넘어 세상을 바라보는 시선 또한 달라졌다.

어느새 우리나라에서 '건강하다'는 말은 '비만 걱정이 없다'는 어감을 풍긴다. 살짝 그을린 피부에 근육질 몸매를 자랑하는 연예인의 모습을 보고 '건강미 넘친다'라고 표현하기도 한다. 아침 식사로 단백질 스무디를 마시고 남자도 하기 버거운 웨이트 트레이닝을 해내는 여자를 보고도 '건강한 생활을 한다'며 칭찬을 한다. 하지만 군살 없는 근육질의 몸매를 갖고 체력 걱정 없이 운동을 해낸다고 해도, 월경 불순으로 고민하고 있다면 건강하다고 할 수 있을까?

마크로비오틱이 생각하는 '건강'은 나의 몸과 마음이 편안하고 조화로운 상태를 뜻한다. 몸이 편안해도 마음이 편안하지 않다면 그것은 마크로비오틱이 생각하는 건강이 아니고, 반대로 마음이 편안해도 몸이 편안하지 않다면 그것 또한 마크로비오틱이 생각하는 건강이 아니다.

몇 년 전 〈괜찮아 사랑이야〉라는 TV 드라마를 재미있게 보았다. 정신과 전문의로 일하는 주인공은 매일같이 다른 정신질환을 가진 환자를 만난다. 하지만 정신병동에 입원한 환자들만 정신질환을 앓고 있는 게 아니었다. 드라마는 평범해 보이는 주인공의 친구들은 물론, 사랑하는 연인과 심지어 의사인 주인공도 치유하기 어려운 트라우마와 크고 작은 정신질환을 안고 살아가는 모습을 그려내었다.

정신질환뿐만 아니라 넓은 의미의 '건강'을 생각해도 마찬가지다. 내 옆자리에 앉아 있는 동료, 오늘 점심에 들른 식당의 주인… 그들 모두 몸과 마음이 편안한 상태일까? 아마도 아닐 것이다. 닭가슴살에 풀과 슈퍼 푸드를 잔뜩 올린 밥상을 떠올리며 '건강을 위한 식생활'로 마크로비오틱에 접근한다면 기대를 충족할 수 없을 것이다. 몇 주 만에 건강에 대한 고민을 해결하는 것이 목적이라면 더더욱 그 기대에 맞지 않다. 조급하게 그 몹쓸 '건강미'를 원하는 분이 있다면 자신의 몸과 마음이 편안한 때와 상태를 먼저 생각해보기를 권하고 싶다.

내 몸에 귀 기울이는 요리

리마에서 마크로비오틱을 배우며 처음부터 모든 음식이 입에 맞았던 것은 아니었다. 사실 내 입맛에는 짜게 느껴지는 음식이 많았다. 하지만 나 말고 다른 이들은 입맛에 맞는 듯하니 군말 없이 맛있다고 하며 먹었다. 국물 요리는 건더기만 건져 먹고 국물은 버렸다.

어느 날 초급부터 줄곧 같은 수업을 들어온 나오 언니가 선생님에게 물었다. "일반적으로 건강을 위해서 저염식을 하라는 이야기를 많이 듣는데, 이 점에 대해서 어떻게 생각하시나요?"

선생님은 소금도 몸에 필요한 음식이고 나

트륨도 몸에 필요한 성분이다, 다만 과하지 않게 자신의 몸에 맞는 양을 섭취하면 된다고 하시면서, 무조건 저염이 좋다며 따르는 것은 체질에 따라 독이 될 수도 있다며 천편일률적인 저염식을 비판하기도 하셨다.

선생님의 설명을 들은 뒤 나오 언니가 조심스럽게 입을 뗐다. "저… 사실은 첫날부터 함께 만든 음식들이 저한테는 짰어요." 듣던 중 반가운 말에 나도 냉큼 손을 들고 내 입맛에도 다른 수강생들의 간이 센 편이라고 말했다.

"아이고, 너희 체질에는 굳이 소금을 많이 섭취할 필요는 없을 수도 있지. 이런 걸 왜 이제야 말해주니." 몇 살을 먹어도 선생님들에게는 학생들이 어린아이로 보이나 보다. "이렇게 합시다. 이곳에서만큼은 각자의 몸에 솔직해집시다. 짜면 짜다, 쓰면 쓰다 말하세요. 다들 음식을 통해 몸도 마음도 편하고 싶어서 이곳에 온 거잖아요."

그 수업 이후 나와 나오 언니는 '저염 콤비'라 불렸고, 수업의 조리 방식은 조금 바뀌었다. 간이 강하게 느껴지기 쉬운 음식을 만들 때면,

나와 나오 언니가 먹을 만큼의 양을 다른 냄비에 덜어내 '저염 콤비'를 위한 조리가 동시에 진행됐다. 우리를 위해 매번 두 가지 방법으로 조리하기 위해 준비하시는 선생님에게 '수고를 끼쳐서 죄송해요'라고 말하면, 선생님은 '수고를 쏟는 게 아니라 애정을 쏟고 있는 거야'라고 대답하셨다.

현미죽빵 사건도 빼놓을 수 없다. 한번은 현미죽으로 빵을 만드는 수업에서 한 수강생이 평소 밀가루로 만든 음식을 먹으면 속이 불편하다는 말을 꺼냈다. 그러자 선생님은 밀가루와 쌀가루를 함께 꺼내셨고, 우리는 밀가루로 만든 빵과 쌀가루로 만든 빵을 동시에 만들었다. 다른 수업에서 밀가루로 만든 면 요리나 튀김을 잘 먹던 분이었으니 밀가루에 알레르기가 있는 건 아니었다. 하지만 선생님은 수강생들의 요구를 바로 반영해 커리큘럼에도 없는 쌀빵을 만드셨다. 선생님은 연륜과 임기응변으로 상황에 유연하게 대응하시면서 '우리도 이렇게 새로운 레시피를 알아가네요'라며 웃어넘기셨다.

마크로비오틱은 탄수화물은 절대 먹어서는

안 된다거나, 치아시드는 영양소가 풍부하니 꼭 챙겨 먹어야 한다는 획일적인 건강법이 아니다. 스스로 체질과 컨디션에 맞는 것을 취하도록 권한다. 먹어도 되는 것과 먹어서는 안 되는 것이 정해진 지침서가 없으니 더 어려울 수 있다. 이 점이 마크로비오틱과 비건의 차이점 중 하나다. 비건은 육류는 물론 유제품과 난류를 포함한 동물성 식품을 철저하게 섭취하지 않는다. 마크로비오틱은 원칙상으로는 '곡물 채식'을 권장하지만, 자신의 체질과 컨디션에 맞게 필요한 것을 취하고 불필요한 것은 취하지 않도록 가르친다.

마크로비오틱은 조금은 까다로울 수 있는 개개인을 받아들일 준비가 되어 있다. 이제 막 마크로비오틱의 문을 두드린 사람에게 요구하는 것은 자신의 몸에 충분히 집중하고, 스스로를 소중히 여기는 마음가짐이다.

억압과 강요가 없는 가치관

리마에는 다양한 선생님들이 계신다. 기무라 선생님은 천연효모빵을 공부하다가 마크로비오 틱 요리로 옮아오셨고, 종합상사에서 일하다가 돌연 요리의 길로 들어선 오카다 선생님은 리마 의 교장을 맡으면서 어린이의 식생활 교육도 하 고 계신다.

그리고 세 명의 아이를 키우며 후지가오카에 서 리마의 자매 학교를 운영하시는 사쿠라이 선 생님. 사쿠라이 선생님이 마크로비오틱을 만난 건 10여 년 전, 장녀를 임신하셨을 때였다. 쇠약 한 체질로 인해 조산할 위험이 있다는 진찰을 받고, 체질을 바꾸기 위해 마크로비오틱을 찾으셨다. 이후 선생님은 안전하게 첫 아이를 낳고 가족들과 함께 마크로비오틱 식생활을 지속하셨다. 매일 우리의 일상을 지탱하는 먹을거리의 소중함을 깨닫고 의식과 생활에 근본적인 변화를 경험한 선생님은 마크로비오틱을 직업으로 삼기로 결심하셨다.

사쿠라이 선생님이 마크로비오틱을 만나 지금에 이른 이야기를 듣다 보니 아이들의 급식이 궁금해져서 질문을 했다. 선생님의 대답은 뜻밖이었다.

"아이가 스스로 정하게 했어요. 학교에서도 마크로비오틱 식사를 시키고 싶지만 단체 생활을 시작한 이상, 뭐든 제가 정해줄 수는 없어요. 친구들과 다른 음식을 먹는다는 것에 아이가 소외감을 느끼지 않을까 싶기도 했고요. 그래서 초등학교에 입학할 때쯤 아이에게 설명을 해주었어요. 다른 친구들과 같은 식사를 할지, 엄마가 만들어준 식사를 할지 스스로 정하게 했죠. 처음에 고기를 먹고 놀라기는 했지만, 지금 우리 아이들은 평범하게 급식을 먹고 있어요."

선생님은 식생활을 개선하여 조산의 위기를 넘기고, 여행 중에도 외식을 하지 않고 요리를 할 정도로 본인의 신념이 강하셨다. 그렇게 강한 신념으로 낳고 키운 아이인 만큼 내심 급식을 먹이고 싶지 않으셨을 것이다. 하지만 자신의 의견을 버리고 아이가 스스로 판단하게 하신 점은 신선한 충격이었다.

"하지만 우유 정도는 피할 수 있을 것 같기도 해서 저도 모르게 학교에 거짓말을 했어요. 우리 아이는 우유 알레르기가 있다고요. 그랬더니 병원의 소견을 받아 오라는 거예요. 그래서 마크로비오틱을 공부하신 의사 선생님을 찾아가 소견서를 써달라고 했어요. 하지만 선생님은 단호하게 안 된다고 하시더라고요. 학교 선생님들과 해결하라고요. 결국 저는 소견서를 받을 수가 없었어요.

그래서 학교에 찾아가 선생님들에게 사죄드리고 자초지종을 설명했어요. 놀랍게도 선생님들은 그런 이유가 있으면 숨기지 말고 얘기를 해서 알려달라고, 함께 돕겠다고 흔쾌히 말씀하셨어요. 학교 측의 이해로 제 아이는 우유 알레르기가 없지만 학교 우유를 마시지 않고 지내고 있어요."

　나 역시 채식이라는 라이프 스타일을 선택하며, 소중한 사람들과의 즐거운 식사도 놓치고 싶지 않아서 고민이 많았다. 지금도 좌충우돌하고 있지만 한 가지 명확한 점은, 만인에게 이해받을 필요는 없어도, 오랜 시간을 함께하고 싶은 사람들에게는 내 선택에 대해 이야기할 필요가 있다는 것이다. 물론 사쿠라이 선생님과 학교의 경우처럼 대화의 끝이 언제나 아름다운 결말이 될 거라는 보장은 없다. 하지만 대화를 통해 자신의 철학을 나누지 않는 이상, 그 첫 발걸음조차 내딛을 수 없다. 함께 식탁을 나누는 사이인 만큼 나로 인해 식탁의 구성이 달라지는 점에 대해 상대방에게 충분히 설명하지 않는 것은 무조건 나를 이해하라는 무언의 강요와도 같다. 반대로 내 식생활을 숨기고 다른 사람들을 위한 식탁에 억지로 동참하는 것은 내 스스로를 억압하는 일이어서 지속될 수 없다.

　억압과 강요는 마크로비오틱과는 거리가 멀다. 마크로비오틱에는 '절대' 먹어서는 안 될 것

도 없고, '꼭' 먹어야 할 슈퍼 푸드 같은 것도 없
다. (치료를 목적으로 식이 조절을 하는 경우에는 다르
다.) 그래서 동물성 식품을 사용한 메뉴를 가르
치는 마크로비오틱 요리 교실도 있다. 나 또한
주변의 소중한 사람들과의 즐거운 식사도 중요
하기에, 주변 사람들에게 내가 채식을 하고 있다
는 점을 알리고, 함께 외식을 할 때에는 육류를
제외한 동물성 식품을 먹기도 한다. 나로 인해
그들에게 불편한 기억을 남기고 싶지 않기 때문
이다.

주변 사람들, 환경과의 조화로운 삶을 위한
선택은 오롯이 자신에게 달렸다. 식생활에서는
내 몸에 필요한 것을 스스로 판단해서 선택하면
된다. 마크로비오틱은 무슨 주의와 같은 절대적
인 이념이나 신념이 아니다. 자신의 삶을 만들어
나가는 데 지침이 되는, 응용 가능한 하나의 기
준이다.

건강의 7대 조건

　　자신과 가족의 건강을 위해 마크로비오틱을 배우는 만큼, 리마의 수강생들은 재료는 물론 조리법 하나하나에 심혈을 기울였다. 방사능 걱정 없이 안전한 먹을거리를 구하기 위해 일본의 북쪽 지역에 살면서도 남쪽 규슈에서 식재료를 주문해서 먹는 사람도 있었다. 수업 중에도 야채를 볶는 순서, 야채를 써는 방법 하나하나 선생님의 확인을 받고 싶어 하는 사람도 적지 않았다. 식생활에 엄격한 수강생들 사이에서 기무라 선생님의 수업은 조금 새로웠다.

　　보통은 교실에 도착하면 재료와 레시피가 놓

여 있는데, 일찍 도착한 사람부터 재료 손질을 시작하고 손질이 끝나면 레시피를 보고 바로 조리 실습에 들어간다. 하지만 세세한 것에 대해 선생님의 확인을 받고 싶어 하는 수강생들은 레시피만으로 만족하지 못했다.

"당근 먼저 볶을까요? 양파 먼저 볶을까요?"

"이다음에는 어떻게 할까요?"

기무라 선생님은 다음 조리 과정에 대해 알려주기는커녕 '어떻게 하고 싶으세요?' 또는 '어떤 음식으로 만들고 싶은가요?'라고 되물었다. 이 때문에 레시피에 없던 메뉴가 탄생하기도 하고, 나눠 준 레시피와 다른 과정으로 메뉴를 만드는 일이 흔했다.

기무라 선생님의 수업에서는 만드는 음식 또한 새로웠다. 각종 스파이스(spice, 향신료)를 섞어 카레라이스를 만드는가 하면, 건강을 위해서는 멀리해야만 할 것 같은 흰 밀가루로 빵을 만들기도 했다. 설마 마크로비오틱을 배우며 흰 밀가루로 빵을 만들 줄은 몰랐다.

현미밥과 미소국이 아닌, 마크로비오틱과는 다소 거리가 있어 보이는 밀가루 빵과 카레를 만들고 함께 식사를 하며, 선생님은 수강생 한 명 한 명에게 이곳을 찾은 계기에 대해 물었다. 남편의 지병, 본인의 수술 경험 등 모두 건강에 고민이 있는 사람들이었다. 이들의 이야기를 듣고 기무라 선생님은 용기를 북돋아주셨다.

"다들 지금 힘든 시간을 보내고 있네요. 식생활에 굉장히 예민해지기도 하고요. 하지만 음식으로 자신을 괴롭히지 않았으면 좋겠어요. 무작정 안 된다고 생각하고 음식 앞에서 죄책감을 느끼는 건 마크로비오틱답지 않아요." 그러고 나서 선생님은 가족 이야기를 들려주셨다.

"우리 가족은 아이가 어릴 때부터 엄격한 마크로비오틱 식생활을 해왔어요. 하지만 돌이켜보면 우리 가족이 언제나 몸과 마음이 모두 편했던 것은 아니에요. 건강을 위해 철저한 식생활을 했지만, 아이에게 마음의 병이 있어 몸은 건강해도 마음은 그렇지 못했던 때도 있었어요. 몸과 함께 마음도 건강해야 진정으로 건강한 거잖아요. 건강해지기 위해 시작한 마크로비오틱이니 여러분도 마크로비오틱을 즐기면 좋겠어요."

많은 이들이 '건강한 음식'에 관심을 갖지만

자신을 괴롭히면서 '건강한 생활'을 추구하려는 경우가 있다. 어젯밤 치킨을 먹은 것을 후회하기도 하고, 케이크를 먹고 나서 죄책감을 느끼기도 한다. 길트 프리(guilt free) 혹은 길티 플레저(guilty pleasure)라는 단어도 자주 듣게 되었다.

기무라 선생님은 몸의 건강을 넘어 마음의 건강과 마크로비오틱을 즐기는 자세를 강조하셨다. 마크로비오틱한 라이프 스타일은 몸의 건강을 위해 먹어서는 안 될 것을 정하고 참는 것이 아니다. 사쿠라자와 유키카즈는 건강의 7대 조건과 각 조건의 중요도를 이렇게 정리했다.

1. 피곤하지 않다. 5점
2. 잠을 잘 잔다. 5점
3. 밥맛이 좋다. 5점
4. 화내지 않는다. 10점
5. 건망증이 없다. 10점
6. 만사에 스마트하다. 10점
7. 거짓말을 하지 않는다. 55점

가장 중요한 건강의 잣대는 비만인가 아닌

가, 체력이 좋은가 아닌가가 아니다. 거짓말로 자기 자신을 속이거나 겉만 꾸미지 않고, 바른 판단력으로 자기다운 삶을 살아갈 때, 비로소 건강한 몸과 마음으로 자유롭고 조화롭게 살아갈 수 있다는 것이 마크로비오틱이 생각하는 '건강한 삶'이다.

마크로비오틱은 겉보기엔 '요리' 공부인 듯했지만, 판단력을 익히며 자기 삶을 만들어가는 '인생' 공부에 가까운 것이었다. 퇴사 후 일본으로 돌아가 마크로비오틱을 익히며 내가 얻은 소중한 가르침은, 현미밥 짓기나 체질에 맞춘 식단 구성이 아니라, 바로 '나다운 삶'이었다. '누군가의 기대에 부응하며 이른바 '있어 보이는 삶'을 살고 있던 나는 마크로비오틱을 만나며 조금 더 스스로 주도하는 삶을 살게 되었다.

여름을 담은 국수 한 그릇

뜨거운 계절, 여름이 왔다.

이 계절을 기다려온 면 요리들이 다시 인기를 끌고 있다. 일본에서 건너온 시원한 소바, 최근 늘고 있는 중국식 냉면과 몇 년 사이 베트남 쌀국수 요리도 인기다. 우리 음식으로는 남북정상회담으로 정점을 찍은 평양냉면을 들 수 있다. 회사 동료들도 더워지기 시작할 즈음부터 평양냉면 맛집을 찾아다녔다.

이런 요리들은 고기나 생선을 베이스로 한 육수가 맛을 책임지기 때문에 채식을 지향하는 나에게는 사실 조금은 난감한 메뉴다. 채식을 지향하고 있지만 아이러니하게도 나는 식탐이 많은 편이다. 음식을 많이 먹고 싶다는 욕심보다는 여러 가지를 먹고 싶은 욕심이 있다. 그래서 비빔 양념과 고기, 계란만 단출하게 올라간 냉면보다는 여러 재료를 사용한 음식을 더 좋아한다. 가장 좋아하는 메뉴도 현미밥과 된장국에 몇 가지 채소 반찬을 곁들인 집밥이다. 그래서 여름이라고 평양냉면을 먹지 않아도 큰 불만이 없다.

그리고 또 하나, 냉면이 없어도 여름철을 나는 즐거움이 있다. 여름은 비벼 먹기에 딱 알맞은 채소들이 우르르 시장에 몰려나오는 계절이 아닌가. 열무, 애호박, 가지 등등. 여러 가지를 한 식탁에서 맛보고 싶은 식탐의 소유자로서 이 채소들을 가득 올려 비빔국수를 만든다.

주말 내내 비를 맞으며 옥상 텃밭에서 키우던 가지가 통통하게 자랐다. 작은 놈은 반으로 가를 때부터 상큼한 향이 남달랐다. 이 향을 살리고 싶어서 껍질을 벗겨내고 채 썰어 생으로 먹기로 했다. 이런 싱싱한 가지는 소금이나 미소만 찍어 생으로 먹어도 맛나다.

애호박 역시 제철을 맞았다. 이 계절 애호박

은 안 먹으면 손해 보는 기분이 들 정도로 맛있다. 심지어 값도 싸다. 가지는 가볍게 생으로 냈으니 애호박은 들기름에 살짝 볶아 고소한 맛을 더한다. 가볍게 데쳐 소금과 참기름에 버무린 나물, 애호박볶음과 채 썬 가지, 열무김치를 차갑게 식힌 메밀면 위에 얹는다. 또다시 이것저것 먹어보고 싶은 식탐이 발동해 면 위에 한가득 얹었더니, 아래 깔린 게 면인지 밥인지 알 수가 없다.

열무에 가지, 애호박까지. 소박한 이 한 그릇에 여름이 가득 담겼다.

찐 감자를 먹는 계절

날이 더워지니 얼마 전까지 비싸서 살 엄두도 못 낸 감자가 다시 싸졌다. 포슬포슬하게 쪄서 소금에만 찍어 먹어도 맛있는 감자의 계절, 여름.

다들 감자를 받아 먹을 수 있는 밭을 알고 지내는지, 감자 철이 오니 집집마다 감자를 나눠 준다. 이곳저곳에서 받다 보니 우리 집에도 감자가 한 상자만큼 쌓였다. 오래가는 채소라 다행이지 시금치나 오이였으면 큰일 날 뻔했다.

나는 할머니와 오래 함께 살아왔다. 정확하게 말하자면 같은 건물 안 위아래 층을 나눠 써,

적당히 서로의 사생활을 존중하며 연결되어 지냈다. 할머니 곁에서 살다 보니, 저녁 전까지 일때문에 엄마가 집을 비우는 날이면 할머니가 우리 자매의 간식을 챙기셨다.

여름날 동네 아파트 놀이터에서 흙장난을 하고 꼬질꼬질한 모습으로 집에 돌아오면, 아직 채 식지 않은 할머니표 찐 감자가 나를 기다리고 있었다. 선풍기 앞에 앉아 시원한 보리차와 함께 먹는 찐 감자는 소금만 찍어도 맛있었다. 엄마가 집에 돌아오면 낮에 먹은 감자 자랑을 했는데, 그럴 때면 엄마는 어릴 적 애기를 해주셨다. 할머니는 가장 맛있는 감자 칩을 만들기 위해, 한 장 한 장 얇게 저며 끓는 물에 데친 감자를 햇살에 보송보송하게 말린 뒤에 튀겼다. 오랫동안 할머니와 감자는 우리 집 여름철 간식을 책임져왔다.

버터, 크림을 넣은 매시트포테이토(으깬 감자)나 마요네즈를 찍어 먹는 감자는 채식을 지향하고 있기 때문에 멀리하고 있지만, 할매 입맛인 나는 본래 감자를 소금만 찍어 먹는 게 가장 맛있다. 평소 우리 집에는 간식으로 먹을 만한 과자나 빵이 없었다. 할머니가 지으신 슴슴한 맛의 간식에 익숙해서인지 우리 자매는 구멍가게표 과자나 음료수에 대한 집착이 딱히 없었다. 서울 한복판에 살면서도 할매 입맛으로 자랐다. 가끔 '속세의 맛'에 이끌려 음료수를 사 먹어도 너무 달아 한 캔을 둘이 나눠 마셨다. 그 때문인지 나와 언니는 운동을 즐기지 않는 집순이였지만 다이어트를 해야 할 필요를 느낀 적이 없었다.

지금은 예전보다 '속세의 맛'에 길들여지고 나름 몸매를 신경 쓰는 나이가 되다 보니, 탄수화물이 주된 영양소인 감자를 간식으로 먹는 일은 거의 없다. 하지만 이 계절이 돌아오면 아무리 더워도 입천장을 델까 호호 불며 먹는 찐 감자 생각이 꼭 난다. 결국 오늘은 감자를 밥 대신 먹는다. 집에 남아도는 파슬리로 만든 드레싱을 올리고. 금방 배가 꺼질까 싶어 렌틸콩샐러드를 곁들인다. 할머니표 찐 감자만큼은 아니지만 내가 만든 것도 나름 맛있다.

아무리 더워도 선풍기 바람 앞에서 호호 불며 감자를 먹는 계절이다. 여름이다.

동화 속 체리파이

얼마 전 이모가 체리를 한 아름 가져다주셨다. 여름 과일 체리를 보니 날이 더워지고 있는 게 더 실감이 난다. 미국에서는 여름을 알리는 과일, 체리.

공교롭게도 이날부터 온 가족이 집에 붙어 있지 않을 예정이라 냉장고 속에서 시들어갈 체리의 어두운 앞날이 예상됐다. 모처럼 얻은 체리를 묵힐 수는 없다. 베리류 과일을 급하게 처리해야 할 때는 역시 잼이 제격이다. 잼을 만들어두면 엄마가 돌아왔을 때 파이를 구워 다 같이 먹을 수도 있다.

어느 동화인지는 기억나지 않지만 어릴 적 읽던 미국 동화에는 엄마나 할머니가 파이를 굽는 장면이 자주 등장했다. 오븐의 열기로 아늑해진 집 안, 향긋하게 퍼지는 달달한 파이 향기. 주인공의 엄마는 주로 체리나 사과로 파이를 만들었다. 오븐조차 없던 우리 집에서는 상상할 수 없는 풍경이었지만 동화 속 장면들은 기억 속에 깊이 각인되었다. 마치 그 달콤하면서도 고소할 것 같은 음식을 먹으며 자라온 기분이 들 정도였다.

초등학생이었을 때 처음 가본 미국 여행에 대해 많은 것을 기억하지 못하지만, 동화 속 음식 체리파이를 처음 먹은 기억은 잊을 수가 없다. 빨갛고 둥근 체리필링이 한가득 든 파이 한 조각. 미국이다 보니 크기도 무척 컸다. 녹진한 시럽으로 반짝이는 체리필링은 영롱했다. 미국 사람들은 어떻게 이런 음식을 만들어내는지, 우리 집에는 왜 그 오븐이라는 신문물이 없는 건지 한탄스러울 정도였다. 하지만 반짝이는 겉모습에 감동한 것도 잠깐, 포크로 한 술 떠먹은 파이는 끝자락부터 강하다 못해 아찔한 단맛을 풍겨서 반도 채 먹을 수 없었다.

우리 가족이 체리파이를 사 먹었던 집이 유독 달았던 것은 아니었던 것 같다. 그 이후로 우리나라에서도 미국식 파이를 몇 번 시도해보고, 성장한 뒤 떠난 해외여행에서도 파이를 먹어 보았지만 매번 너무 달고 무겁다는 감상으로 끝났다.

20년 남짓한 시간이 지나 적지 않은 충격을 안겨준 동화 속 그 음식을 이제는 입맛에 맞춰 만들어내는 어른이 되었다. 미국 엄마들만이 만들 수 있는 음식을 만드는 어른이 될 거라고는 상상도 못 했는데 말이다. 심지어 책과 영화에서나 보던 채식주의자가 되어 파이를 버터와 달걀 없이 만들게 될 줄은 꿈에도 몰랐다.

지금까지 먹어온 미국식 체리파이보다 훨씬 덜 달고 가벼운 파이를 만들기 때문에, 미국 어린이가 먹으면 어릴 적 내가 느꼈던 충격을 반대로 받을지도 모르겠다. 하지만 아무리 생각해도 미국에서 먹었던 체리파이는 내가 상상으로 그려온 동화 속 그 맛이 아니었다. 누구에게나 그런 기억은 있지 않을까? 상상 속 음식의 맛이 상상과 너무 달랐던 기억. 처음 마셔본 '와인'의 맛이 상상하던 '포도주' 맛이 아니었던 것처럼. 동화 속 음식의 현실 속 맛은 동심을 파괴하기도 하지만, 그러면서 우리는 어른이 되어간다.

레몬이 있는 식탁

10년 정도 창고에서 잠들어 있는 오븐을 다시 꺼냈다. 과자와 케이크를 잘 먹지 않지만 유제품, 달걀, 백설탕을 사용하지 않는 마크로비오틱 베이킹을 연구하는 재미에 빠져 오븐을 자주 돌리고 있다. 날이 더워 베이킹에 적합하지 않은 계절인데도 틀까지 새로 사며 이런저런 시도를 해본다.

때마침 냉장고 한편에 샐러드용으로 사둔 레몬을 발견했다. 시들해지기 전에 만든 레몬머핀. 머핀은 블루베리나 초콜릿처럼 달콤하고 묵직한 맛을 내는 재료로 만드는 경우가 많지만 의외로 상큼한 재료와도 잘 어울린다. 감귤류로 만든 마멀레이드를 빵에 발라 먹으면 어울리는 것처럼.

레몬 제스트(zest, 요리에 향미를 더하기 위해 쓰는 과일 껍질)를 만들기 위해 과도로 정성스럽게 레몬 껍질의 노란 부분만 포를 뜨듯 벗겨내고, 행여나 식감에 방해가 될까 걱정되어 가늘게 다졌다. 전용 그레이터(grater, 강판)가 있으면 레몬 제스트를 만들기 편하겠지만, 손에 배는 레몬향을 음미하며 레몬 껍질을 다지는 시간이 나름 즐겁다.

머핀 틀에 반죽을 담고 작게 자른 레몬 조각을 얹어 오븐 안에 밀어 넣으면 내 일은 끝이다. 그부터는 머핀이 봉긋하게 부풀기를 기다리기만 하면 된다. 함께 나이 든 오븐이 아직도 열심히 일을 하고 있다. 오븐의 종이 울리고 불이 꺼지면 이제 기대 반 걱정 반 오븐 개봉식. 굽는 동안에는 손을 댈 수가 없기 때문에 가슴이 두근두근거린다. 생각대로 완성된 모습을 볼 때 더 큰 기쁨을 느낄 수 있는 베이킹의 세계. 머핀을 식히는 동안 온 집 안에 상큼한 레몬향이 퍼진다.

이제는 동네 슈퍼에서도 레몬을 쉽게 구할 수 있다. 내가 어릴 적에만 해도 레몬은 쉽게 살 수 있는 재료가 아니었다. 동네 슈퍼에는 당연히 없고, 백화점 지하 식품 매장에 가도 고급스럽게 포장된 선물용 과일 코너에나 있는 그런 과일이었다. 한번은 엄마를 쫓아 장을 보러 간 날, 왜 그랬는지 레몬을 사자고 했다. 아마도 영어 단어를 공부할 때 레몬이 나왔거나 동화책에서 레몬이 등장했기 때문일 것이다. 엄마는 요리를 잘하시지만, 시간과 돈을 들여 요리의 폭을 넓힐 욕구가 있을 정도로 요리에 관심이 있는 편은 아니셨다. 당연히 레몬에는 눈길도 주지 않으셨다.

큰 사건이 아니었는데도 이후로 나에게 레몬은 비싼 재료, 고급 재료라는 이미지가 생겼다. 나도 모르게 노란 레몬이 곁들여져 나오는 음식이나 냉장고에 레몬이 있는 집을 동경하곤 했다.

동경하던 재료를 이제는 동네 슈퍼에서도 쉽게, 비교적 싼값에 살 수 있는 시대다. 레몬 값은 아래로 아래로 내려갔지만 내 나이는 위로 위로 올라가 이제는 동경하던 재료로 베이킹도 해내는 어른이 되었다. 내 나이는 앞으로도 위로 위로 올라가겠지만 할 줄 아는 것이 많아지고 동경하던 것을 이루어내며 나이 들고 싶다.

언니에게 차려주는 집밥

홍콩에 살고 있는 언니가 짧게 서울에 들렀다. 홍콩으로 이주한 후 처음으로 한국에 방문한 것이다. 언니가 결혼을 하며 우리 집은 한동안 네 식구가 모일 일이 없었다. 이번에 넷이 모여 앉아 식사를 할 때에는 넷이 한 집에 있다는 것이 꿈처럼 느껴지기도 했다.

언니가 떠나는 날 아침, 엄마는 혜연이가 밥을 잘하니 혜연이가 차린 밥을 먹으라는 말을 남기고 나가셨다. 엄마가 준 숙제를 하기 위해 나는 음식을 차리고 오랜만에 언니와 둘이 점심을 먹기로 했다.

홀로 주방에 선 시간. 식사를 대접할 일이 있으면 되도록 상대방의 취향도 고려해서 준비하지만, 언니는 가족이기에 철저히 내 입맛을 따라 밥상을 차렸다. 엄마는 식구들 취향을 생각해 밥상을 차리시지만 아직 내게는 그런 엄마의 마음은 없나 보다. 맛도 농도도 진한 음식을 좋아하는 언니에게 가벼운 조리와 가벼운 양념으로 완성한 채소 반찬과 채소 국을 차려내었다.

세 가지 제철 채소 반찬과 현미밥, 표고버섯을 넣은 들깨탕으로 차린 마크로비오틱 한식 밥상. 나는 제철 채소를 어떻게 해서든 밥반찬으로 올리려고 한다. 우리 집 입맛에는 생소하더라도 토마토를 제철 부추와 간장, 참기름에 버무려 밥반찬으로 내었다. 언니는 진한 입맛의 소유자여서 미소소스에 버무린 마늘종을 가장 좋아했다. 챙겨줄까 하여 밀폐 용기에 담다가 더운 날씨에 상할 것 같아 조용히 냉장고에 넣었다.

밥상을 차리는 시간은 어색할 것 하나 없었지만, 언니와 마주 앉은 순간 아주 잠시 어색함을 느꼈다. 식사는커녕 무언가를 언니에게 해준

적이 없었다. 수도 없이 조리대와 마주하고 밥상을 차렸지만, 처음으로 언니 한 사람을 위해 차린 밥상이 멋쩍었다. 언니는 동생이 차린 밥상이 신기한지 '이건 뭐야?', '이건 어떻게 만든 거야?', '이건 데친 거야?' 하고 질문을 쏟아내며 이것저것 맛을 봤다.

손님이 오면 쌀밥에 고깃국을 내준다는데, 멀리 타국에서 돌아온 언니에게 현미밥에 버섯을 둥실둥실 띄운 들깨탕을 내주다니. 하지만 언니는 본인의 취향을 무시하고 만든 내 음식을 맛있다고 칭찬하며 사진을 찍어 친구들에게 자랑을 했다. 한참이 지나서야 언니가 100퍼센트 현미밥에 익숙하지 않다는 사실을 알게 되었다.

중고등학생 시절 '혜연이한테 잘해줘. 사이좋게 지내야 나중에 커서 서로 김치도 나눠 먹고 그러지' 하시던 엄마 말에 '엄마, 그런데 혜연이가 김치 못 담그면 어떡해?'라고 묻던 언니. 언니의 걱정을 비웃기라도 하듯, 우리 자매는 김치를 담글 줄 모르는 언니와 김치를 담그는 동생으로 자랐다. 하지만 여전히 언니는 동생 자랑을 하는 첫째이고, 나는 여전히 언니에게 베푸는 게 익숙하지 않은 동생이다.

언젠가 나도 한 번쯤은 언니 김치를 얻어먹어 볼 수 있겠지.

자신 있는 요리는 샐러드인데요

맛있는 천도복숭아를 들여온 날, 샐러드를 만들었다. 시장에서 돌아오는 길에서부터, 장바구니를 달랑달랑 손에 들고, 어떤 재료들을 어떻게 조합하는 게 가장 좋을지 즐거운 고민을 하며 집에 왔다. 샐러드는 고려해야 할 요소가 특히나 많은데 그래서 더 만드는 재미가 있다.

언제던가 한 모임에서 누군가 내게 가장 잘하는 요리에 대해 물은 적이 있다. 별생각 없이 던진 질문이었을 텐데 나는 약간 난해한 산수를 풀 듯, 대충 넘기지를 못하고 잠시 고민하고 대답했다.

"저 샐러드를 잘해요."

피식 터져 나온 웃음. 아니 요리를 좋아한다 더니 잘하는 요리가 샐러드냐며, 좌중이 웃었다. 샐러드를 좋아하고 언제나 심혈을 기울여 만들기에, 왜 웃는지를 몰라 나는 잠시 어리둥절해졌다.

생각해보면 우리 집의 천도복숭아처럼, 샐러 드는 이곳저곳에서 천대받는 음식일 때가 많았 다. 자취하는 친구 집에 모여 요리를 할 때도, 캠 핑을 갈 때도, 샐러드는 늘 요리를 못 하는 친구 가 담당했다. 그런 반면, 고깃집에 가면 '이 친구 가 요리를 잘해. 불 맛을 기가 막히게 살려'라며 요리를 잘한다는 사람이 고기를 굽는다. 그러나 샐러드를 만만하게 봤다가는 큰코다친다. 고려 해야 할 점이 무척 많은, 참 어려운 요리가 바로 샐러드다.

샐러드를 만들 때 나는 크게 세 가지를 구상 하고 작업에 돌입한다. 첫 번째, 전체적인 조합 구상하기. 먼저 한 그릇 음식으로서 재료들의 맛 과 식감의 조합을 생각한다. 채소의 세계는 무척 넓다. 종류도 많을뿐더러 다양한 품종이 있고, 각기 다른 맛을 갖고 있다. 쏩쓸한 맛이 나는 케일, 감칠맛이 일품인 양송이버섯, 달콤한 찰토마토와 짭짤한 대저토마토 등. 이 채소들을 어떻게 조합해야 가장 어울리는 맛과 식감을 낼 수 있을지를 생각한다. 심지어 채소만으로 끝나지 않고, 드레싱은 어떤 것이 어울릴지도 생각해야 한다. 예를 들어 천도복숭아로 샐러드를 만들 때는 새콤달콤한 천도복숭아를 주재료로 정하고, 새콤달콤한 맛을 살리면서도 이 맛과 상반되는 쌉쌀한 맛이 나는 케일을 조합했다. 여기에 이 두 가지 맛의 밸런스를 위해 감칠맛을 가진 양송이버섯을 볶아 넣었다. 그럼으로써 천도복숭아가 주재료임에도 디저트가 아닌, 식사에 어울리는 요리를 만들었다.

한 그릇으로서의 조합을 생각한 다음에는, 샐러드가 그다음에 나올 다른 요리와 어울릴지에 대해서도 생각해야 한다. 요즘에는 샐러드 한 그릇으로 한 끼를 해결할 수 있는 샐러드 카페가 늘고 있는 추세지만, 여전히 샐러드는 주로 다른 음식과 함께 먹는 요리이기 때문이다.

전체적인 조합을 구상하고 나면, 두 번째로 재료를 어떻게 조리할지 구상한다. 샐러드를 포함한 채소 요리는 같은 재료를 쓰더라도 조리 방법에 따라 전혀 다른 느낌의 결과물로 완성된다. 쉽게는 채소를 어떻게 썰어야 맛이 어울리고, 먹기 편할지를 생각하는 것부터 시작한다. 그리고 채소의 조리는 수분 조절을 어떻게 할 것인가에서 정점을 찍는다. 최대한 수분을 제거해야 할지, 소금 혹은 식초에 절여 요리 전체에 적당히 수분을 남기면서도 채소의 식감은 아삭하게 살릴지, 수분감의 정도에 따라 드레싱을 버무려 낼지 아니면 드레싱과 샐러드를 따로 낼지 등. 샐러드는 맛과 함께 식감을 즐기는 요리이기 때문에 채소의 수분을 어떻게 다뤄 식감을 살릴 것인지가 상당히 중요하다. 최고의 식감을 내기 위해 시간과 싸워야 할 때도 많다. 이 점이 다른 요리와 가장 큰 차이점이기도 하고, 개인적으로 샐러드가 어려운 요리라고 생각하는 이유다.

마지막으로 상차림을 구상한다. 어떤 그릇이 어울릴지를 생각하는 것도 중요하지만, 샐러드는 어떤 커틀러리(cutlery, 양식기)를 사용할까도 중요하다. 재료를 어떻게 조리했는지에 따라 먹기 편한 커틀러리가 다르기 때문이다. 콩이 주된 재료라면 스푼이 어울릴 것이고, 쇼트파스타를 곁들인 파스타 샐러드라면 포크가 어울릴 것이다. 이번에 만든 천도복숭아와 케일, 양송이버섯을 채 썰어 넣은 샐러드는 젓가락이 어울린다.

샐러드는 미리 고려해야 할 점이 많은 어려운 요리다. 하지만 복잡하면서도 그 조합이 무궁무진하기 때문에 나는 요리의 한 장르로 샐러드를 좋아한다. 고민을 하며 샐러드를 만들어온 만큼 자랑할 만한 레시피도 많이 보유하고 있다. 예전부터 채소 요리를 좋아했고 식물성 재료만으로도 맛있게 식사를 할 수 있다는 사실을 알고 있었기 때문에, 채식을 결심할 때 고기를 먹지 않는 삶에 대한 미련이 없었다.

남들이 알아주지 않아서 종종 난감하기도 하지만, 여전히 가장 자신 있는 요리를 대라면 샐러드를 든다. 입맛을 돋우는 조연으로도, 건강한 한 끼를 책임지는 주인공으로도 이 어려운 요리를 나는 나름 잘 뽑아낸다.

그래서 요즘에는 조금 더 당당하게 대답한다.

'저, 샐러드를 진짜 맛있게 잘해요.'

계절이 바뀔 때마다 할머니는
늘 바쁘셨다

여름에는 애호박도 단호박도 맛있다. 어제는 단호박을 버섯, 실파와 함께 큐민 등 스파이스를 넣고 볶아 이국적인 느낌의 반찬을 만들었다. 오랜만에 단호박을 요리하니 칼질을 하다 말고 잠시 쉬고 싶다. 요리하는 시간을 즐거워하는 나도 단호박을 썰 때만큼은 누가 와서 대신 썰어주면 좋겠다는 생각을 한다. 이왕이면 잔근육을 가진 멋진 오빠가 와주면 좋을 것 같다.

깻순으로 만든 나물도 같이 내었다. 깻순은 깻잎과는 맛과 식감이 확연히 다르다. 깻순 볶는 날이면, 은은한 향이 집 안에 그득하다. 이 향을 놓치기 싫어서 어린 깻잎을 꼭 먹고 이 계절을 나야 한다.

여기에 얼마 전 담근 오이소박이를 더했다. 동물성 식품이나 밀가루풀, 설탕을 넣은 김치를 먹고 싶지 않아 마크로비오틱 김치를 직접 담가 먹기 시작했다. 젓갈과 풀을 안 넣었는데도 맛있다며 가족들의 젓가락이 멈추지 않는다. 담근 지 얼마 되지도 않았는데 한두 토막만 남았다.

내가 유치원에 다닐 때 선생님이 '가족들이 매일 어디에 다니시는지 얘기해보자'라는 질문을 하신 적이 있었다. 나는 손을 들고 '우리 할머니는 시장에 다니세요'라고 대답했다. 어린 내가 보기에 할머니는 엄마처럼 직장 생활을 하시는 것도, 딱히 친구들과 약속이 있는 것도 아닌데 늘 바쁘셨다. '오이소박이를 할 거면 꼭 지금 해야 해', '요 때가 아니면 올해는 두릅은 못 먹는다'며 아침부터 시장에 가자며 엄마를 보채곤 하셨다.

마트에 가면 사시사철 원하는 채소가 있는데, 왜 굳이 지금이 아니면 안 되는지 그때는 몰랐다. 하지만 요즘은 나에게서 그 시절 할머니의 모습이 보인다. 맛있는 오이소박이, 오이지를 만들려면 장마가 오기 전, 씨앗이 무르기 전에 싱싱한 오이를 손에 넣어야만 한다. 계절만 따지는 것이 아니라 직접 눈으로 보고 상인들과 대화하며 '전혜연 주최 경동시장 배 소박이용 오이 대회'에서 1등을 할 오이를 엄선해 온다. 집으로 돌아오면 곧바로 오이를 갈라 내 마음에 쏙 드는 오이를 골랐는지 확인한다. 내가 원하는 적당한 수분감과 씨를 가진 오이임을 확인했을 때는 이번 소박이는 대성공이라는 확신에 차서 마음이 들먹들먹 들뜨는 것이다. 황금 레시피, 비법 소스는 필요 없다. 계절에 맞게 잘 장만한 재료가 김치 성공률 80퍼센트를 보장한다는 것이 나의 지론이다. 그러니 나도 할머니처럼 바쁘게 살 수밖에 없다. 이 계절이 지나면 못 먹는 것들이 반드시 있기에.

호박, 깻순, 오이… 다들 잠시 지나가는 이 시기에 가장 맛있는 아이들이다. 계절은 봄, 여름, 가을, 겨울 사계절로 나누지만 농사일의 기준은 24절기다. 같은 여름철 채소여도 24절기에 따라 그 시기에 가장 맛있는 채소와 과일이 다르고, 조리법 또한 다르다. 24절기에 맞춰 땅에서 나고 자란 것만 먹고 살아도 먹을거리가 넘쳐난다. 내게는 그 시기에 가장 맛있는 음식이 있기에 다른 것을 먹을 여유가 없다.

중복이 지났으니 이제 곧 새로운 계절이 오고 또 새로운 맛이 찾아오겠지. 고기를 먹지 않는 나는 소떡소떡도 치맥도 없지만, 입과 몸으로 계절의 변화를 즐긴다.

별거 아닌 게 아닌 고구마순과 오이지

한 그릇 식사로 뚝딱 끝내는 날들이 계속되니 채소 반찬 욕구가 샘솟다 못해 폭발하고 말았다. 몇 시간째 주방에서 갖가지 재료를 늘어놓고 채소 반찬을 만드는 나를 보며 엄마가 고개를 절레절레 흔들었다. 대량 생산한 채소 반찬으로 차린 얼마 전 밥상.

- 감자냉채
- 샐러리 미역 초무침
- 고구마순나물
- 두부부침

- 오이지
- 열무 된장국

여름이 제철인 고구마순으로 만든 나물. 엄마가 사 오신 고구마순을 냉장고에서 발견했을 때부터 내심 좋아하고 있었다. 이런 식감과 맛을 가진 채소는 달리 없는 듯하다. 저장성이 높은 고구마와 달리 오래가지 않으니 이 철에만 잠시 즐길 수 있는 별미 중의 별미다. 고구마순이 밥상에 오르면 몇 번이고 크게 떠먹는다. 일본에 살던 시절 여름에 한국에 돌아올 때면, 미리 엄마에게 연락해 고구마순나물을 해달라고 일러두기까지 했다. 해외에 있다가 돌아와서 먹고 싶은 음식이 치킨, 짜장면, 냉면이 아니고 고구마순이었다.

오늘은 장아찌도 등장했다. 우리 가족은 엄마말고는 염분이 높은 음식을 즐겨 먹지 않아서 그 흔한 젓갈, 소금을 뿌려 구운 김, 장아찌가 좀처럼 식탁에 오르지 않는다. 유일하게 모두 좋아하는 장아찌가 있다면 바로 오이지다. 여름철 오이지가 식탁에 오르면 시원한 보리차에 밥을 말아 한 숟갈 듬뿍 떠서 오이지를 올리고 입에 넣기를 몇 번 하면 금세 밥공기의 바닥이 보인다.

오이지나 고구마순은 참 별거 아닌데 맛있다. 생김새도 맛도 소박하다. 하지만 이 녀석들, 정말 별거 아닌 녀석들일까.

사실 고구마순은 참 난감한 재료다. 고구마순을 맛있게 먹기 위해서는 보라색 껍질을 하나하나 벗겨내야 한다. 그러고 나면 손톱 밑이 검푸르게 물들어 있다. 엄마는 고구마순으로 나물을 해달라고 보채면 난감해하셨다. 자리를 잡고 앉아 하나하나 껍질을 벗기고 있기에는 귀찮고, 그렇다고 껍질을 벗겨놓은 것을 사기에는 왠지 돈이 아까우셨나 보다. 엄마는 주로 후자를 택하셨다. "그 할머니 이 고구마순 껍질 벗겨서 얼마나 더 받으실까. 엄청 귀찮으실 텐데." 나물 파시는 할머니 걱정을 하면서 사 온 고구마순을 요리하셨다.

오이지는 말할 필요도 없다. 오이를 손질하고 끓인 소금물에 오이를 재우는 수고가 필요하다. 가장 힘든 과정은 오이를 짜내는 것이다. 끓인 소금물에 오이를 재우고 꼬들꼬들해질 때까지 꾹꾹 물기를 눌러 짜다 보면 온 힘이 빠지고 팔이 뻐근해진다. 오이지가 익기를 기다리는 시간도 필요하다. 날름날름 먹는 건 한순간인데 만드는 건 한순간이 아니다.

이런 수고와 정성이 필요한 음식을 날름날름 먹으며, 얘네는 별거 아닌데도 맛있다고 평가하는 내가 엄마는 얄밉지 않으셨을까? 엄마는 여름이 지나기 전, 내가 좋아하는 반찬을 잊지 않고 내어주셨다. 할매 입맛을 지닌 나는 엄마를 꽤나 귀찮게 했다는 생각이 든다. 아직 나는 '꽤나 별거'인 재료를 다루는 데 서툴다. 일을 하면서 밥을 해 먹는 동안에는 익숙해지기 어려울 것 같다. 조만간 '꽤나 별거'인 애들을 다루기 위한 시간을 따로 내야겠다.

불편한 생활에서 누리는 낭만

일본을 오가며 마크로비오틱을 공부하고, 먹고 사는 이야기를 SNS에 공유하다 보니 친구들에게 받는 단골 질문이 있다. '가족들은 뭐라고 안 하니?'

마크로비오틱을 정식으로 배우기 전부터 독학으로 배운 마크로비오틱 식생활을 하고 있었기에 사실 식단에는 큰 변화가 없다. 한국에서 가족들과 함께 살면서 부모님도 현미밥을 드시기 시작했고, 채식을 하지는 않지만 내 영향이 있어 우리 가족의 육류 소비량은 일반 가정보다 적은 편이다.

하지만 변화가 아주 없는 것은 아니다. 본격적으로 마크로비오틱을 배우기 시작하며 우리 가족에게는 생활면에서 크고 작은 변화가 생겼다.

첫째로 의미 있는 변화는 전자레인지와의 작별이다. 이 변화는 자연스럽게 찾아왔다기보다 나의 진두지휘 아래 이루어졌다. 원래 잘 안 쓰기는 했지만, 종종 밥은 전자레인지로 데워 먹었다. 하지만 일본에서 마크로비오틱을 공부하는 분들과 대화를 하면서, 상황에 맞춰서 융통성 있게 살아가려고 하는 나와 달리 먹을거리의 안전성을 위해 평소 전자레인지를 쓰지 않는다는 이야기를 듣고 나서 나도 결심을 굳혔다.

전자레인지와의 작별 선언은 우리 집에서 판문점 선언급의 파장을 불렀다. 엄마는 바로 '전자레인지를 쓰지 않으면 밥은 어떻게 데울 거냐'며 유난스러운 딸을 나무랐다. 찬밥은 쪄서 데우면 된다고 응수했지만, 설거지 거리가 늘어난다는 투정이 돌아왔다. 설거지는 내가 하기로 하고 밀어붙였다. 결과는? 전자레인지보다 시간은 조금 더 걸리지만 밥은 월등히 맛있게 데워진다.

마치 새로 지은 밥 같다. 이 맛에 익숙해지니 자연스럽게 온 가족이 전자레인지에서 멀어졌다. 백문이 불여일미(不如一味)였다.

정 귀찮을 때에는 쪄서 데우지 않더라도 물을 붓고 눌은밥을 해 먹거나 두부, 야채와 함께 볶아서 드라이 카레를 해 먹기도 한다. 전자레인지 사용도 피하고 단조롭던 식탁에도 변화가 오니 일석이조다. 먹을거리의 안전성에 철저한 분들의 생활을 가까이에서 이해하기 위한 시도였는데, 작은 불편함을 뛰어넘는 큰 만족감이 있었다.

두 번째 의미 있는 변화는 주방에서 나오는 쓰레기가 압도적으로 줄었다는 점이다. 마크로비오틱을 공부하다 보면 주방에서 암묵의 룰이 생긴다. 요리를 하면서도, 식사를 하면서도 가급적 쓰레기를 만들지 않겠다는 것이다. 마크로비오틱은 식생활에서 시작되지만, 자연스럽게 사회와 자연과 공존하는 라이프 스타일로 연결된다.

예를 들어 '일물전체(一物全體)'를 실천하여, 먹을 수 있는 뿌리와 줄기와 껍질을 가급적 통째로 먹는 생활을 하면 자연스럽게 음식물 쓰레기가 줄어든다. 우엉이나 당근의 껍질, 브로콜리 줄기도 버리지 않기에 리마에서는 한 번 수업을 할 때 10인분 이상의 식사를 만들지만, 음식물 쓰레기는 합쳐서 한 줌이 나올까 말까였다. 애매하게 남은 피망, 가지의 꼭지도 잘게 다져서 새로운 음식을 만들었다.

그 땅에서 나고 자란 제철 재료를 먹는 '신토불이(身土不二)'도 같은 결과에 이른다. 노지에서 재배해 그 지역에서 나고 자란 것을 먹는다는 것은, 넓게 보면 하우스 재배와 장거리 운송에 필요한 에너지 소비를 줄이는 것이기도 하다. 일물 전체나 신토불이의 라이프 스타일은 너무나도 사소하기에 실천하기도 쉽다. 이러한 사소한 실천들이 모여 나를 둘러싼 환경에 큰 변화를 일으킨다.

우리 가족 역시 식생활에서 마크로비오틱을 시작했고, 알게 모르게 우리의 라이프 스타일은 많이 달라졌다. 늘 냉장고가 미어터질 정도로 장을 보던 우리 가족은 조금 부족하다 싶을 정도로 장을 본다. 부족할 정도로 장을 봐도 버리는 부분 없이 채소를 모두 사용하니 오히려 넉넉하다. 플라스틱, 비닐 또한 가급적 사용하지 않으며 키친타월이 있던 자리에는 수건을 올려두었다. 두부를 눌러 물기를 짤 때에도 키친타월 대신 깨끗한 수건을 사용하고, 프라이팬 기름을 닦을 때는 읽고 난 신문지를 사용한다. 우리 가족은 조금 돌아가는 삶을 선택했다.

하지만 이런 삶이 '돌아가는' 또는 '시간이 더 걸리는' 삶일까. 밥을 찌는 대신 전자레인지를 쓰고, 수건을 삶지 않고 키친타월을 쓰던 시절, 그 얼마 되지 않는 시간을 아껴서 나는 무엇을 하고 지냈던 건지 문득 궁금해졌다. 가끔 그 시간을 아끼는 대신 회사 일을 더 했을 뿐이다. 그 짧은 시간으로 일을 더 하겠다고 전자파를 맞으며 맛없게 데운 밥을 먹고, 나무를 베어가며 살았다. 냉장고가 미어터지던 시절에는 1 플러스 1 품목을 보면 그냥 지나치지 못하고 한가득 장을 보면서 난 역시 살림꾼이라고 으쓱했지만, 결국 음식물 쓰레기로 버리며 살았다. 그때와 비교해서 유기농 재료를 필요한 만큼만 사용하는 지금 식비는 그 시절의 식비와 별반 다르지 않다. 하지만 실려 나가는 음식물 쓰레기의 양은 압도적으로 줄었다.

남기지 않을 만큼의 음식이 식탁에 올라오기에 식탁은 조금 심심해졌다. 하지만 설거지와 청소 시간이 줄어들어 식사 후 가족이 함께 대화하는 시간이 더 많아졌다. 키친타월을 대신한 수건을 삶기 위해 일주일에 몇 번씩 수건을 빨래하는 시간이 필요해졌다. 그렇지만 햇살 좋은 오전, 햇볕에 보송보송 말라가는 빨래를 보며 차를 마시는 소소한 즐거움이 생겼다. 어린아이 없이 어른들만 살아 무미건조해질 수 있는 우리 집. 어쩌면 우리 가족에게는 불편한 생활에서 누리는 '낭만'이 필요했던 것도 같다.

명절 음식이 아닌 명절 음식

사촌 언니들이 결혼을 하고 할머니와 할아버지도 세례를 받으시면서, 딱히 명절 준비를 하지 않게 되었다. 이제 음식 준비를 할 필요가 없는데도 어른들은 명절이 가까워 올 즈음 조금씩 음식 할 채비를 하신다.

옆집 아주머니가 송편 반죽을 나눠 주셨다. 지방에 밭이 있어 이맘때면 현미를 나눠 주시고, 그러고도 쌀이 남아 떡을 뽑고 가루를 내 송편 반죽까지 만드신다. 여기에 직접 키운 쑥까지 주셨다. 그 덕에 우리도 덩달아 송편을 빚었다. 나눠 주신 양만으로도 쟁반 세 판을 채웠다. 그 집은 송편을 얼마나 많이 빚으셨을까.

녹두와 깨로 소를 채워 넣고도 반죽이 남아 고구마를 잘게 썰어 넣어 빚었더니 이번에는 고구마가 남는다. 계획에 없었지만 급히 만든 비건 고구마머핀. 냉동실에서 쉬고 있던 팥 알갱이를 쏙쏙 넣었더니 명절용 머핀이 되었다.

홍콩에 사는 언니네 가족이 잠시 한국에 들렀다 갈 일이 있어, 명절을 챙기지 않는 우리 가족도 함께 명절을 보냈다. 엄마가 다 같이 먹을 음식을 만드셨고, 곁에서 나는 마크로비오틱 음식을 몇 가지 만들었다. 고기도 설탕도 없이 만든 우엉잡채. 잘 볶고 잘 졸인 우엉과 당근은 설탕 한 톨 없이도 달콤하다. 이렇게 맛있게 만들 수 있는데 그동안 왜 설탕을 넣으며 만들었던 걸까.

로즈마리향이 어우러진 우엉스프와 단호박 뇨끼(gnocchi, 감자와 밀가루로 반죽한 이탈리아식 수제비). 만들고 보니 기가 막힌 조합이다. 버터, 흰 밀가루로 만든 루를 넣지 않은, 녹진하고 달콤한 우엉스프는 조카도 좋아했다. 가족이 함께 시간을 보내는 데 의미가 있는 것이 명절이기에,

함께 즐길 수 있는 음식이 우리 집의 명절 음식이다. 외할머니가 정정하셨을 때에는 우리 집 명절에는 간장게장과 미더덕찜이 곧잘 올랐다. 친가에서는 훈제연어샐러드를 먹곤 했다. 나는 채식을 하면서도 명절 식사 모임에는 빠지지 않기 때문에, 앞으로 우리 집 명절 음식에 나의 마크로비오틱 메뉴가 늘어날 것 같다. 벌써 설에 만들고 싶은 메뉴들이 떠오른다.

이렇게 음식을 만들어놓고 정작 명절 당일에 우리는 외식을 했다. 우리 집 명절 외식은 주로 씨푸드 뷔페다. 채식을 하는 나도, 산 같은 덩치의 사촌동생들도 만족할 수 있는 씨푸드 뷔페가 우리 집 명절 음식으로 자리 잡았다. 뷔페에 가서 두둑이 잘 먹고, 교통 체증에 온몸이 늘어져 있던 우리는 알록달록한 점퍼를 맞춰 입고 보름달이 뜬 밤에 산책을 나섰다. 어느덧 가을이 성큼 와 있었다. 곧 겨울이 올 것같이 완연한 가을밤이다.

가을 손님 무와 가을 불청객 미세먼지

    10월 초. 또다시 공부를 하기 위해 도쿄에 다녀왔다. 잠깐의 일정이었지만 도쿄에 다녀오니 컨디션이 예전 같지가 않다. 도쿄에 가 있는 동안 실습을 하며 많이 먹기도 했고 무엇보다 비행기가 문제였다. 저가 항공사를 이용하는 경우에는 기내식이 나오지 않는데 공항 음식은 좀처럼 먹고 싶지 않아서 가벼운 간식으로 식사를 때웠다. 허술하게 배를 채워놓으니 엉뚱한 시간에 식사를 하거나 제대로 된 끼니를 챙기지 못했다. 하루 정도야 괜찮지만 며칠 동안 이렇게 식생활이 들쭉날쭉해지면 조금씩 컨디션에 신호가 온다. 이럴 땐 반찬을 줄이고, 통곡물이 식사의 70 퍼센트 이상을 구성하는 간소한 식사로 다시 균형을 잡아줘야 한다. 평소 마크로비오틱 식생활을 해왔기에 이삼 일 정도 소식을 하면 곧 몸이 회복된다. 그래서 이번에는 현미 눌은밥과 무말랭이조림을 만들었다.

가을에는 무가 맛있어진다. 무에는 내장에 쌓인 지방을 분해하는 효소가 풍부하다. 무를 햇볕에 말려 양의 조리를 가한 무말랭이는 특히 동물성 식품을 자주 먹어 내장에 쌓인 오래된 지방을 분해하는 데 특효약이다. 여드름이 생기거나 모공이 막히는 등 피부 트러블에도 좋다. 피부에 노폐물이 쌓여 생기는 피부 트러블은 당분과 지방을 과다하게 섭취할 때 일어나기 쉽다. 과다하게 몸에 들어온 당분, 지방이 충분히 소화되거나 배출되지 못하고, 노폐물의 형태로 피부에 나타나는 것이다. 나는 초콜릿을 자주 먹었다 싶으면 꼭 여드름이 생겼다. 도쿄를 오가며 미리 만들어둔 머핀으로 몇 번 끼니를 때웠던 게 마음에 걸려 집으로 돌아와 무말랭이조림을 만들었다.

식사도 하고 머핀까지 먹은 것이 아니라, 식

사 대신 머핀을 먹었으니 칼로리만 생각하면 큰 문제가 되지 않는다. 하지만 아무리 비건, 마크로비오틱 머핀이어도 이런 과자, 케이크 류는 단순한 당분과 지방이 주된 영양소다. 영양의 균형을 생각하면 절대로 현미밥과 채소 반찬으로 구성된 식사를 대체할 수 있는 음식이 아니다. 최근 비건 디저트, 쌀 베이킹이 다이어트 하는 사람들 사이에 인기를 끌고 있지만, 디저트는 어디까지나 디저트다. 과하게 먹으면 당연히 살이 찌고, 식사 대신 먹으면 영양 균형이 흐트러진다.

이렇게 통곡물 중심의 소식을 몇 번 하여 다시 컨디션이 좋아져 반찬 수를 조금 늘려보았다. 싱싱한 근대로 끓인 근대 된장국, 근대나물, 깨소금에 버무린 오이지, 무말랭이조림을 반찬으로 식탁에 올렸다. 뚝배기에 지은 현미밥이 어마어마하게 부드럽고 맛있는 걸 보니 조금은 음성인 것들이 내 몸에 필요한가 보다.

무와 배추의 계절이 왔으니 김치를 담그지 않을 수 없다. 게다가 설탕 대신 달콤한 맛을 내줄 배까지 제철이다. 배의 달콤함과 다시마조림의 감칠맛이 시원한 물김치를 담갔다. 이모가 우리 집에 와서 맛을 보더니 한 통을 통째로 갖고 가셨다. 김치는 역시 나누는 게 제맛이다. 물김치는 원래 젓갈 없이 깔끔하게 만들어야 맛있다. 액젓 없이 만들어보기를 권한다. 설탕 없이 배를 사용하니 텁텁하지 않고 더욱 깔끔하다. 기름진 음식이나 잡채에 곁들여 먹으면 물김치의 맛을 제대로 알 수 있다.

오랜만에 불청객이 찾아왔다. 봄에만 지나가나 했더니 미세먼지가 가을 하늘을 뿌옇게 뒤덮은 날이 며칠째 계속되었다. 워낙 기관지가 약한 탓에 고생을 했다. 이럴 때에는 연근이 특효약이다. 우엉, 당근, 표고버섯과 함께 뿌리채소 조림을 만들어두면 며칠간 고마운 반찬이 되어준다. 연근으로 햄버그스테이크를 만들고, 짜낸 즙으로 연근탕을 만들어 마시며 기관지를 달랬다. 마크로비오틱을 공부하면 가벼운 감기나 가벼운 질환이 있을 때, 굳이 약을 먹지 않아도 된다. 주방이 약국이 된다. 고생한 기관지에는 연근을 처방하고, 목에 달라붙어 좀처럼 떨어지지 않는 미세먼지를 씻어내기 위해 걸쭉한 들깨 미역국을 끓였다. 미역의 알긴산은 체내에 쌓인 미세먼지를 배출하게 해준다.

　물김치 맛을 보니 삼삼한 것이 물막국수 감이다. 더 추워지기 전에 시원한 물김치 국물에 메밀면을 말아서 후루룩 삼켰다.

순수한 입맛이 내리는 바른 판단력

조카가 잠시 우리 집에 머물다 갔다. 조카를 위해 좀처럼 만들지 않는 요리를 했다. 병아리콩으로 만든 고로케. 건강하게 먹고사는 것 같더니 웬 튀김이냐고 할 수도 있겠지만, 튀기지 않고 빵가루를 입혀 오븐에 구운 고로케다. 마른 팬에 갈색 빛이 돌 때까지 빵가루를 볶아 사용하면 바삭하고 따끈한 오븐 고로케를 만들 수 있다.

끈기 있게 빵가루를 볶으며 노력했지만, 조카는 고로케에 눈길 한 번 주지 않고 단호박 팥조림만 큼직큼직하게 한 순갈씩 퍼먹었다. '너는

신장이 건강한 아이가 되겠구나!'

마크로비오틱은 자기 몸의 소리에 귀 기울이며, 몸 상태와 그 순간 필요한 것을 파악하는 판단력의 공부이기도 하다. 좀처럼 쉽지 않다. 지금까지 먹어온 음식에 입맛이 길들여져 있기에, 내 몸에 귀 기울이려 해도 불쑥불쑥 판단력을 흐리게 하는 극음성 또는 극양성의 음식이 떠오르곤 한다. 하지만 음성 또는 양성 어느 쪽으로도 치우치지 않은 순수한 입맛을 가졌다면, 머리로 애써 생각하며 판단할 필요가 없다. 그때 먹고 싶은 음식이 곧 그때 내 몸에 필요한 음식이기 때문이다. 눈앞에 고로케를 두고도 단호박 팥조림만 먹고, 어른들이 과자를 줘도 호기심에 한두 개만을 집어 먹는 조카를 보며, 길들여지지 않은 순수한 입맛이 내리는 바른 판단력에 내심 감탄을 금치 못했다.

마크로비오틱은 아이와 함께하기 어려운 요리라는 인상을 받는 사람들이 많은 듯하다. 오히려 자극적인 조미료 없이 소금, 간장, 된장 같은 가장 기본적인 조미료만으로 조리를 하기에 맵고 짠 것에 익숙하지 않은 아이들에게 안성맞

춤이다. 아이 입을 즐겁게 하려면 피자나 햄버거, 단 음식을 주어야 한다고 생각하지만, 오히려 순수한 입맛이 내리는 바른 판단력을 해치는 일이다.

이미 입맛이 길들여진 아이라도 늦지 않다. 더 늦기 전에 입맛을 돌려놓으면 어른이 된 뒤에 고생하지 않는다. 처음부터 현미밥에 된장국, 우엉 당근조림으로 차린 밥을 먹이라는 것이 아니다. 기름기 가득한 고로케 대신 튀기지 않은 고로케를, 버터와 밀가루로 범벅한 인스턴트 카레 대신 스파이스와 토마토로 만든 수제 카레를 맛보게 해준다면 어떨까? 현미밥을 거북해한다면, 오분도미나 칠분도미로 밥을 지어주는 것도 좋다.

내 조카 같은 아이를 키울 수 있을지 자신이 없다며 걱정할 필요는 없을 듯하다. 박카스로 기력을 보충하고 컵라면을 먹으며 학창 시절을 보낸 나의 언니도 이런 선비 같은 아이를 키웠다. 언니는 아직도 조카 몰래 마트에서 사 온 젤리를 먹곤 한다.

스콘을 구우며 하루키를 떠올리다

약속이 잦아 오랜만에 오븐을 돌렸다. 애플 시나몬 현미머핀과 마살라차이(masala chai, 홍찻잎과 향신료를 넣고 끓인 인도식 차) 오트밀스콘을 구웠다. 모두 유제품과 달걀은 물론, 백설탕과 정제된 흰 밀가루도 사용하지 않고 음양의 밸런스를 고려한 마크로비오틱 디저트다.

요즘에는 마크로비오틱 베이킹 중에서 스콘에 흥미가 생겼다. 흰 밀가루 없이 오트밀, 메밀 등을 재료로 하는 레시피를 개발하고 식감과 맛을 비교해보는 재미가 쏠쏠하다.

10여 년 전으로 거슬러 올라가 고등학생 시

절에 취미로 홈베이킹을 시작했다. 그 시절에는 지금과는 달리 버터, 달걀, 설탕을 아낌없이 써 가며 베이킹을 했고, 스콘도 몇 번 만들었다. 하지만 스콘에는 좀처럼 정을 붙이지 못해 직접 만드는 일도, 사 먹는 일도 거의 없었다. 이걸 다 먹으면 옷장 속 미니스커트들과는 작별을 해야 할 것만 같아 피하기도 했지만, 만들기가 무척 쉬운데도 돈을 주고 스콘을 사 먹기는 아까웠다. 퍽퍽한 식감이 한몫했다. 이 목 막히는 음식을 먹기보다는 바삭하면서도 촉촉한 크루아상을 좋아했다. 사람들도 나와 비슷했던 것일까. 그 시절에는 스콘을 파는 카페나 베이커리가 많지 않았다.

그랬던 스콘이 1~2년 사이 크게 인기를 끌고 있다. 카페와 베이커리에서도 쉽게 스콘을 찾을 수 있고 스콘 전문점도 낯설지 않다. 내가 우습게 보았던 목 막히는 식감을 '매력'이라 할 정도다. 감추기 어려운 약점을 강점으로 바꾸다니, 누군지 모르겠지만 어느 스콘 전문점의 마케터가 대단하다는 생각을 한다. 그는 자신의 마케팅 성공담을 자랑스럽게 늘어놓으며 오늘도 가장 적절한, 목 막히는 식감을 내는 레시피 개발에 열을 올리고 있을지도 모르겠다. 나 또한 나만의 스콘 레시피를 개발하려면 식감이 관건이다. 겉은 바삭, 속은 촉촉하면서도 적당히 목 막히는 식감을 남기기 위해 골머리를 앓고 있다.

공상은 한층 더 날개를 펼쳤다. 스콘 전문점 마케터 마음에 들법한 식감을 완성한 어느 날, 적당히 목 막히는 스콘을 한 입 베어 물며 논현동의 작은 주방에서 거장 무라카미 하루키를 떠올렸다. 하루키의 에세이를 몇 권 읽어본 사람은 알겠지만, 하루키 특유의 열린 결말은 좋게 말하면 '하루키의 매력'이고, 조금 비꼬아 생각하면 '대충' 썼다는 느낌이 들 때가 있다. 하지만 그 점이 하루키라는 세계적인 작가의 매력으로 자리 잡았고, 본인도 그 점을 고칠 생각은 전혀 없어 보인다. 사람은 모두 취향이 다르기에 모든 이의 입맛에 맞출 수도 없고 맞출 필요도 없다. 누군가에게는 대차게 비판받더라도, 그것을 매력이라고 우기는 배짱도 때로는 필요하지 않을까.

같은 이유로 나도 할매스러운 입맛과 식단

구성을 '나의 매력'이라 우기기로 했다. 스콘만큼은 시대의 흐름에 굴복했지만, 밥상만큼은 지지 않으리.

해땅콩을 까며 다이어트를 생각하다

부모님이 친할머니 댁에 다녀오며 해땅콩을 받아 왔다. '할머니'라 하면 집안의 주방을 책임 지며 이길 수 없는 손맛을 지닌 사람이라는 인상 이 보통이지만, 나의 친할머니는 주방 일과는 거 리가 먼 분이시다. 반찬이나 간식 등 조리할 필 요가 없는 음식을 받는 것은 무척 좋아하시지만, 채소나 생선처럼 손질과 조리가 필요한 재료를 받으시면 우리 가족이나 친척들에게 나누어 주 신다. 흙투성이 해땅콩은 할머니에게 냉동실 속 골칫덩이일 수밖에 없다. 그와 달리 나에게 해땅 콩은 가을철 절대 놓치고 싶지 않은 식재료여서,

엄마가 손에 들고 온 땅콩 봉투를 보자마자 혼자 메뉴 구상에 돌입했다.

이번 땅콩은 고구마, 다시마와 함께 졸이기로 했다. 음식점에서 기본 반찬으로 끈덕끈덕 무겁고 달짝지근한 땅콩조림이 나올 때가 있는데, 나는 너무 달아서 도저히 밥이랑 먹을 수가 없다. 고구마, 다시마와 함께 은근하게 졸이면 땅속에서 품어 온 땅콩의 향을 즐기면서 설탕 없이 가볍게 먹을 수 있다.

요즘 아이들은 땅콩이 땅에서 자란 줄 모른다고 한다. 도토리의 친구인 줄 안다나. 견과류는 음성에 가까운 음식이지만, 땅속에서 자라는 땅콩은 견과류 중에서는 양성에 가깝다. 요즘은 극음성의 간식들이 넘쳐 나는데, 땅콩은 좋은 불포화 지방으로 포만감을 주면서도 몸이 지나치게 음성으로 치우치지 않게끔 도와준다. 다이어터들의 간식으로도 좋을 것 같다. 주방에 신문지와 쟁반을 펼쳐놓고, 땅콩껍데기를 부셔서 알맹이를 골라내며 다이어터들 걱정을 하고 있다.

나도 한때는 살을 빼면서도 단백질을 채우겠다고 두유와 요구르트, 더운 지역에서 나는 견과류 같은 음성인 음식들만 챙겨 먹고 밥 대신 고구마를 먹던 시절이 있었다. 몸은 날씬한데 이상하게 자꾸 붓고 늘 체온이 낮아 여름에도 카디건을 들고 다녀야 했다. 그때의 나처럼 다이어트를 하겠다고 사시사철 고구마와 바나나만 식사로 먹는 여성들에게 물어보고 싶다. 손발이 차지는 않은지, 생리를 제대로 하고 있는지, 생리 전후 증후군은 없는지… 다이어트만을 위한 음식들이 좋지 않다고 말하는 것이 아니다. 자기 체질에 맞는 식생활을 찾아야 몸을 건강하고 균형 있게 가꿔나갈 수 있다.

그래서 다이어트 하는 사람들이 마크로비오틱을 공부하면 좋겠다. 탄수화물, 지방, 단백질의 균형도 중요하지만, 닭가슴살에 고구마만 먹고 살면 음양의 균형이 와르르 무너져 면역력을 잃기 때문이다. 겨울에는 몸을 보할 양성의 채소가 자라고, 여름에는 몸을 식힐 음성의 채소가 자란다. 우리 선조들은 자연의 섭리에 따르며 자연스럽고 건강하게 살아왔다.

어렵게 생각할 것 없다. 나처럼 흙투성이 껍데기에서 땅콩을 하나하나 까고 시간 들여 고구마와 졸일 필요는 없다. 현미밥에 제철 채소를 넣은 된장국을 만들어 먹는 것부터 시작하면 된다. 좀 더 여유가 된다면 나물 반찬을 더하면 좋겠다. 나물은 만들기도 쉽다. 주말에 만들어두면 아침에 밥과 나물을 도시락에 담기만 하면 되니, 직장인 도시락밥으로도 훌륭하다. 다이어트 하겠다고 한겨울에 벌벌 떨며 열대 과일인 바나나를 싸 들고 다니는 것과는 비교할 수 없이 몸에 부담이 적을 것이다. 오늘도 출근길에 바나나와 함께 카디건을 챙겨 출근한 다이어터들이 자연의 질서를 따르는 건강한 라이프 스타일을 찾게 되길 바란다.

님아 그 빵은 사 오지 마오

요가를 갔다가 집에 돌아오니 주방에 내 눈살을 찌푸리게 하는 녀석이 놓여 있다. 대형 체인점에서 사 온 빵. 마크로비오틱의 세계와 대치점에 있는 녀석이다. 이 녀석이 우리 집 주방에 놓여 있는 것을 보면 늘 미간에 주름이 잡힌다.

가장 좋아하는 음식이 현미밥인 나와 달리, 유난히 밥을 지겨워하는 엄마는 늘 빵을 입에 달고 사신다. 집에서 3분 걸어 나가면 대형 체인 빵집이 있어서, 우리 집 식탁을 지키는 빵은 물을 필요도 없이 그곳 출신이다. 나는 성분표를 보기만 해도 먹고 싶은 마음이 전혀 들지 않는

데, 사 온 지 일주일이 지나도 멀쩡한 모습을 보면 섬뜩하기까지 하다. 다른 사람들보다 따지는 것이 많은 식생활을 하는 편이기에, 부모님과 함께 살며 어지간해서는 가족의 식생활에 간섭하지 않으려고 한다. 하지만 이 체인점 빵만큼은 우리 집에 받아들이기가 싫다. 간식이나 디저트로 가끔 달콤한 과자나 케이크를 드시는 것 정도야 기호식품이니 그러려니 한다. 하지만 외식도 아니고 집에서 매일 먹는 주식을 체인점 빵으로 때우는 것은 마크로비오틱을 실천하는 사람으로서 용납하기가 쉽지 않다. 부모님에게 대형 체인점 빵만큼은 사 드시지 않으시면 좋겠다고 몇 번 부탁을 한 터였다.

하지만 내가 자리를 비운 사이, 그 집 빵을 사 오시는 일이 몇 번이고 되풀이되고 있다. 도보 3분이라는 입지뿐 아니라 가격 면에서도 우리 부모님을 굴복하게 한다. 20년 넘도록 대형 체인점 빵 가격에 익숙해진 우리는, 솔직히 자연 재료들로 만든 빵 가격이 부담스러울 수밖에 없다. 가격 차이가 1.5배에서 두 배 정도 나기 때문이다. ('빵 주제에 값이 왜 이렇게 비싸'라는 평가를 하기 쉽지만, 반대로 대형 체인점 빵들을 어떤 이유로 그렇게 싸게 팔 수 있는지를 생각하면 답이 빨리 나온다.) 그래서 이대로 마찰을 빚을 바에야 결국 직접 만들기로 했다. 그 이름하여 현미죽빵. 팽창제, 설탕, 유제품, 달걀 없이 현미죽과 우리 밀, 깨소금으로만 만드는 마크로비오틱 빵이다. 보드라운 결을 느낄 수 있는 빵은 아니고 떡에 가깝다. 포타주(potage, 걸쭉한 프랑스식 수프)와 함께 때로는 올리브유와 함께 먹는데, 밥이 들어 있는 만큼 든든하면서 속이 더부룩하지 않은 마법 같은 녀석이다.

빵은 현미밥에 비하면 음의 성질이 강한 음식인데, 주로 빵에 곁들이는 잼, 버터 역시 몹시 음성으로 치우친 음식들이다. 그래서 아침 식사로 빵을 먹는 날이면 잼이나 버터를 대신할, 조금이나마 양의 성질을 살린 사이드 디쉬를 만든다. 뿌리채소로 양의 성질을 살린 라페(raper, 채소를 채 썰거나 갈아 만든 프랑스 요리)나 살사(salsa, 라틴 아메리카 요리에서 사용하는 매운 소스)를 만들어 빵에 얹어 먹거나, 곡물과 콩으로 라이스 샐러드를 만들기도 한다. 여기에 갓 끓여낸 수프를 곁들인다.

부모님이 아침 식사로 슬슬 빵을 드시고 싶어 하실 것 같은 날에는, 알람을 맞춰놓고 평소보다 삼사십 분 일찍 일어난다. 쪄둔 밤이 남아돌고 있다는 사실을 깨달은 어느 날에는 아침부터 밤 껍질을 까서 밤포타주를 만들기 위해 한시간이나 일찍 일어나 부산을 떨었다.

이러다 보니 아침 식사로 빵을 먹는 날이면 식당 영업이라도 하듯, 작업 순서를 명확히 정해두고 식사를 준비한다. 일어나기가 무섭게 현미죽과 통밀가루, 깨소금을 섞어 빵 반죽을 만들어서 하나하나 동그랗게 빚는다. 성형을 한 빵 반죽을 오븐에 넣고 나면, 빵 굽는 냄새를 맡으며 수프와 사이드 디쉬를 만든다.

딸이 이렇게까지 하고 있다는 걸 부모님이 아시든 모르시든 이 정도 수고는 달게 할 수 있다. 그러니 부탁이오. 님아, 그 빵은 제발 사 오지 마오.

말이 살찌는 계절

언제나처럼 월초에는 도쿄에 마크로비오틱 수업을 들으러 다녀온다. 수업이 있는 주말에는 걱정이 없지만, 수업이 없는 평일에는 식생활이 영 엉망이다. 며칠을 연달아 아침 식사를 카페에서 스콘으로 때우기도 하고, 오랜만에 만난 도쿄의 지인들과 늦은 시간까지 술자리를 갖기도 하기 때문이다. 지인들과 즐거운 시간을 보냈지만, 귀국할 때마다 피로를 온몸에 덕지덕지 덮어쓴 듯이 몸이 무겁고 뻐근해서 집에 도착하기가 무섭게 쓰러져 잠이 들었다.

그래서 귀국 후 맞이한 첫 아침 식사는 더

욱 간소하게 먹고 싶었다. 식탁 위에 그저 국과 콩자반만을 놓고, 밥 위에는 눈을 번쩍 뜨이게 하는 우메보시(梅干し, 일본식 매실 장아찌) 한 알을 올려두고 가볍게 먹는 밥이 그리웠다. 이것저것 걸러내고 고생했을 장기에도 휴식을 주어야 한다.

귀국 후 얼마 지나지 않아 하루 종일 비가 오는 날도 있었다. 비가 오고 피로가 쌓여 온몸이 축축 처지는 날에는 음식에 양의 기운을 더한다. 현미보다 양의 성질을 가진 기장을 넣어 밥을 짓고, 미소국에 넣을 채수에 표고버섯보다 다시마의 비율을 늘린다. 콩 중에서 양의 성질이 강한 팥을 다시마와 졸여 소금만으로 간을 한 팥 다시마조림은 이날 반찬으로 내고, 나중에는 간식으로도 야금야금 집어 먹었다. 자꾸 집어 먹게 되는 게 단점이라면 단점인 반찬.

으실으실 춥기도 했다. 버섯을 넣고 끓인 뜨끈한 간장 국물에 칡전분을 풀어 넣어 탕수육 소스마냥 녹진하게 소스를 만들었다. 흔히 구할 수 있는 고구마전분, 감자전분, 옥수수전분은 모두 여름 채소 혹은 초가을 채소가 원료이며 음의 성질을 갖는다. 그에 반해 칡전분은 상당히 강한 양의 성질을 갖는다. 무척 귀해 아끼는 재료이기는 하지만 칡전분을 국물에 풀어서 먹으면 몸에 열기가 오른다. 리마에서는 칡전분을 사용한 요리를 하고 나면, 선생님들이 무척 귀한 재료이니 국자에 묻은 것도 남김없이 핥아 먹으라고 농담을 하셨다. 다른 전분처럼 그 본연의 맛은 강하지 않으니 여러 요리에서 요긴하게 사용된다. 이렇게 만든 칡 버섯소스는 짜지 않게 은근하게 졸인 무에 얹어 밥반찬으로 내었다. 어묵탕에 들어 있는 무가 그립지 않은 맛, 그리고 온기.

나물도 무쳤다. 송보라 셰프를 따라 무주 여행에 동참했을 때 사 온 고사리, 마르쉐에서 우연히 발견한 유채, 생협에서 배달 온 취나물을 무치니 나물 삼총사가 되었다. 똑같이 나물이라 불려도 만드는 방법은 각양각색이다. 예를 들어 '시금치나물'은 시금치를 물에 데쳐서 양념을 하는데 소금으로 간을 한 것, 조선간장을 쓴 것, 된장에 버무린 것, 다진 마늘을 넣은 것 등 레퍼토리가 무궁무진하다. 애호박나물은 생으로 쓰기도 하고 말린 걸 쓰기도 한다. 지역마다 쓰는 재료와 만드는 방법이 다르다. 우리의 '나물'이란 장르에는 수백, 수천 개의 레시피가 등장할 것이다. 그래서 한식은 재미있고, 나물은 더더욱 좋아한다. 만드는 것도 먹는 것도.

엄마와 거의 보름 만에 만났다. 반찬을 세 개 이상 올리는 일이 없는 내가 이날은 진수성찬을 차렸다. 나는 도쿄에 다녀오고 엄마는 중국 여행을 다녀오셨다. 엄마가 여독으로 피곤하고 목이 따끔따끔하고 오한이 든다 하시니, 연근과 뿌리채소를 듬뿍 넣고 다시마 국물에 졸였다. 감기 기운과는 전혀 상관이 없지만, 오랜만에 엄마를 만난 핑계를 대고 베이킹할 때가 아니면 잠들어 있는 오븐을 돌려 그라탱(gratin, 고기와 야채 위에 치즈를 얹고 오븐에 구운 요리)도 만들었다. 날이 추워지니 몸이 지방을 쌓아두겠다고 야단법석인지 녹진한 음식이 당긴다.

가끔 이렇게 늘어지게 먹으면 어떤가. 습관이 되지 않으면 될 뿐. 다시 소박한 밥상으로 돌아온다. 두부무침 레시피를 살짝 바꿨는데도 어마어마하게 보드라워졌다. 늘 간장에 졸이던 우엉과 당근을 이번에는 올리브유에 버무려 오븐에서 구운 뒤 씨겨자로 양념을 했다. 밥과 빵이 술술 넘어간다. 말이 살찌는 계절이라더니, 늘 소식하던 나에게도 식탐이 찾아왔나 보다.

연희동 회담

연희동에 다녀왔다. 우리 집에서 연희동까지는 대중교통, 자가용을 불문하고 한 시간이 걸리니, 가끔 연희동 일대에서 일정이 생기면 여행을 가는 마음으로 집을 나선다.

이번에는 '보틀팩토리'에 가기 위해 연희동을 찾았다. 그곳은 매장 내부에서도 일회용품을 사용하지 않으며, 전국 곳곳에서 텀블러를 기부받아 테이크아웃을 원하는 손님에게 대여하는 서비스를 하는 카페였다. 이 카페와 상수동에 있는 공유 공간 '프로젝트 하다'를 운영하는 다운 님과 약속이 있었다.

다운 님을 알게 된 건 인스타그램 메시지를 통해서였다. '프로젝트 하다'에서 채식으로 식당을 할 사람을 모집하고 있는데, 식당을 해볼 생각이 없냐는 제안이었다. 식당 제안은 다운 님에게만 들었던 것은 아니었다. 회사를 나오며 채식 요리를 배우러 일본에 다녀오겠다고 하자 많은 지인들은 내가 비건 카페나 식당을 차릴 것이라고 생각했다. 하지만 그때 나는 외식업을 생각하지 않았다.

'제 음식은 밖에서 돈을 주고 사 먹는 미식과는 다른 것 같아요.'

나의 대답은 항상 같았다. 나의 음식은 외식업 조건에 맞지 않다고 생각했다. 밖에서 돈을 주고 사 먹는 음식은 기분 전환을 위한 '미식'이며, 음식뿐만 아니라 공간과 서비스를 통틀어 돈을 받은 가치를 함께 제공해야 한다는 것이 외식업에 대한 내 생각이었다. 건강을 위해 시작한 나의 마크로비오틱 요리는 꾸준한 실천이 필요하기에 외식업보다는 누군가의 '실천'을 돕는 쿠킹 클래스에 어울렸다. 그래서 다운 님의 제안을 정중히 거절하려고 했으나, 흥미로운 두 개의 공

간을 운영하는 다운 님과 한번 만나 대화를 나눠
보고 싶은 마음이 들었다.

'보틀팩토리'에 도착해 다운 님이 내려준 커
피를 마시며 대화를 나눴다. 다운 님은 최근 채
식을 지향하게 되면서, 다양한 채식 밥집, 채식
술집이 생겼으면 좋겠다는 생각에 '프로젝트 하
다'에서 채식으로 식당을 할 사람을 찾게 됐다며
입을 뗐다. 본인이 어떤 고충을 겪었는지, 채식
이라는 문화가 어떻게 자리 잡았으면 좋겠는지
에 대해서도 들어볼 수 있었다. 이야기는 나에게
로 넘어와 나의 퇴사와 마크로비오틱에 대한 이
야기를 나누었다. 그리고 조심스럽게 식당보다
는 쿠킹 클래스를 할 생각으로 일본을 오가며 공
부를 하고 있다는 말을 꺼내었다. 그러자 다운
님은 그게 무슨 문제냐는 반응을 보이며 쿠킹 클
래스를 하면 되지 않겠냐고 했다. 쿠킹 클래스를
할 수 있다고? 솔깃했다.

그동안 나의 생활과 마크로비오틱 이야기를
SNS에서 공유하며 조금씩 반향이 일어나고 있
었다. 쿠킹 클래스에 대한 문의도 있었다. 하지
만 아직 마크로비오틱에 대한 인지도가 높다고

하기는 어렵다. 들어본 적은 있어도 마크로비오틱을 실천하기는 어렵다고 생각하는 사람들도 꽤 많다. 비건에 대해서도 마찬가지다.

하지만 우리가 매일 당연하게 맞이하는 오늘처럼, 알고 보면 마크로비오틱과 비건은 어렵고 특이한 것이 아니다. 나라고 매일 비건 치즈, 콩고기 같은 신기한 음식을 먹는 것도 아니며, 매일 단호박 팥조림, 우엉 연근조림, 연근 톳조림 같은 마크로비오틱 대표 반찬만을 돌려 먹는 것도 아니다. 그렇다면 조금 더 간편한 형태로 많은 사람들이 마크로비오틱을 경험하는 기회를 늘려보는 것은 어떨까 하는 생각이 들었다. 식당에 와서 마크로비오틱 음식을 맛보고, 흥미가 생기면 쿠킹 클래스를 들을 수도 있을 것이다. 쿠킹 클래스를 듣지 않더라도 내가 차리는 밥상을 통해 마크로비오틱에 흥미를 가지는 것만으로도 첫 시도는 성공이다.

스케줄을 확인해보니 모든 것이 들어맞았다. 12월과 1월 두 달 동안에는 리마의 수업이 없으니, 일본에 가기 위해 식당과 쿠킹 클래스를 쉴 필요가 없었다. 회담을 마치고 며칠 뒤 다운 님에게 12월부터 '프로젝트 하다'를 빌리고 싶다고 연락을 했다.

지금까지 나의 음식은 외식업에서 다룰 만한 것이 아니라 선을 그었는데, '마크로비오틱'이라는 생소한 요리로 식당을 열 작정을 하다니. 긴자와 테헤란로에서 엑셀과 파워포인트를 두드리며 살던 내가 요리부터 서빙까지 모든 것을 혼자 하는 식당을 열기 위해 몸과 마음을 움직이고 있었다.

머핀 틀과 표고버섯 다시마조림

추운 날씨를 뚫고 장바구니를 챙겨 나갔다. 장을 보고 베이킹 전문 상가에도 들러 머핀 틀을 새로 장만했다. 머핀을 만들 때는 늘 실리콘 틀을 써왔는데 실리콘 틀은 분리하는 것이 영 시원치 않다. 결국 금속 틀에 기름을 발라 쓰기로 했다. 베이킹은 요리 과정도 만만치 않지만, 일회용품을 어마어마하게 사용한다. 매번 유산지를 잘라서 사용하면 자연에게 미안한 마음도 들거니와 은근히 지갑 사정에도 부담이 된다. 따지는 것이 많은 나는 머핀을 구울 때는 실리콘 틀을 써왔고, 스콘을 구울 때는 반영구 테프론 시트를 써왔다.

베이킹은 요리가 끝난 뒤에도 한 가지 문제가 남는데, 그것은 바로 포장 용기다. 베이킹을 하고 나면 늘 누군가에게 나눠 주곤 하니, 담아 갈 포장 용기가 필요하다. 친한 사람들에게는 집에 있는 통에 담아 주고 나중에 돌려달라고 부탁을 하는데, 자주 만나지 않는 사람이나 약간의 격식을 차려야 하는 경우에는 내가 쓰던 통에 담아 주기가 애매하다. 이럴 때는 닦아서 쓸 수 있는 지퍼백에 담는다.

머핀 틀과 재료를 담은 장바구니를 달랑달랑 들고 돌아오는 길에, 내가 너무 까다로운가 싶었다. 하지만 베이킹을 꽤나 자주 하게 되면서 매번 일회용품을 사용하는 것은 피하고 싶다. 다른 면에서 조금 덜 까다로워지면 되겠지. 전철 옆자리에 앉은 사람의 이어폰에서 새어 나오는 음악 소리라든가, 정리가 덜된 내 눈썹이라든가…

새로 장만한 머핀 틀을 써보고 싶어 손이 근질근질하지만, 우선 칼부터 쥐었다. 장을 본 날은 반찬을 대량 생산한다. 오늘은 진수성찬이다. 세 개 이상 반찬이 오르는 일이 드문 나의 식탁에 반찬이 네 개나 올랐다. 갓 끓인 된장국과 브로콜리페스토에 버무린 찐 연근, 시금치나물, 머스타드로 양념해 구운 우엉, 그리고 표고버섯 다시마조림.

장도 보고, 머핀 틀도 사 온 데다가 반찬을 이렇게나 많이 만들다니, 오늘 하루 수고했구나. 자화자찬하며 밥상을 바라보는데, 반찬 한 가지에 눈이 멈추며 피식 웃음이 나온다. 표고버섯 다시마조림.

마크로비오틱 채수에 빼놓을 수 없는 다시마와 표고버섯. 매일 밥상에 오르는 국을 만들기 위해 일주일에도 몇 번이고 채수를 내린다. 그리고 채수를 내고 남은 다시마와 표고버섯은 곱게 채 썰어 얼려둔다. 적당한 양이 모이면 간장과 함께 졸여 새 반찬으로 만든다. 쓰레기에 까다로운 나를 반성하며 집에 돌아왔는데, 심지어 싱싱한 재료를 한 아름 사 왔는데, 또 이 반찬을 만들다니! 가족들이 불평할까 싶어 급하게 깨를 추가해 조금이나마 새롭게 만들어보지만 이미 늦었다. 졸일 때 생강을 조금 넣었으면 살짝 맛이 달랐을 텐데….

내 기억 속 최고의 양배추롤

11월이 어떻게 지나갔나 모르겠다. 초반 열흘 정도는 일본에 수업을 들으러 다녀오느라 훌쩍 시간이 지나고, 중반부터는 팝업 식당 준비를 하다 보니 어느덧 11월의 마지막 날이 눈앞에 다가왔다. 감기 기운으로 머리가 지끈거리기도 했다.

팝업 식당 준비를 하며 베이킹을 자주 했다. 아직은 보완할 점이 많기에 레시피를 바꾸기도 했고, 재료에 대한 고민도 많았다. 식사 메뉴뿐만 아니라 베이킹 메뉴도 가급적 유기농 재료를 사용하고 싶어 여러 재료를 알아보았다. 유기농

말차로 머핀을 만들려고 했지만, 값이 무척 비싸 손을 대지 못하다가 생협에서 뽕잎가루를 발견했다. 뽕잎가루와 팥을 버무려 만든 뽕잎머핀은 은은한 뽕잎향이 나며 제법 그럴듯했다. 하지만 설명하기가 어려워 팝업 식당에 나가는 일은 없을 것 같다.

첫눈이 서울을 지나갔다. 첫눈부터 대설주의보라니 스케일도 크다. 홍콩에 사는 손녀를 위해 아빠가 아침부터 일어나 옥상에 올라가서 눈 사진을 찍으셨다. 조카와 함께 토마토와 가지를 따던 옥상에 어느덧 소복이 눈이 쌓였다. 아빠가 옥상에서 눈 사진을 찍는 동안 스콘을 구웠다. 소복소복 눈 쌓이는 바깥 풍경을 보며 스콘을 굽는 시간은 꽤나 낭만적이다. 타이밍 좋게 팝업 식당 오픈 전에 아주 만족스러운 레시피가 나왔다. 토실토실한 두께에 겉은 바삭하고 속은 촉촉하다. 백밀 함유량을 낮추고 통밀 비율을 늘린 데다가 백설탕을 쓰지 않은 만큼 더 많은 분들이 스콘을 속 편하게 먹을 수 있을 듯하다. 첫눈이 내리는 날 구운 스콘은 오랜만에 만난 고등학교 친구들과 선후배들 손으로 돌아갔다.

첫눈이 내리니 겨울을 맞이하는 실감이 난다. 따뜻하고 든든한 것들이 먹고 싶어 양배추를 집어 왔다. 양배추를 포근하게 쪄 그 안에 두부와 완두콩 등으로 만든 소를 넣어 돌돌 만 양배추롤. 따끈한 무 크림스튜에 적셔 먹었다. 양배추롤을 먹으면 교토에서 유학하던 시절에 즐겨 가던 학교 근처 카페가 생각난다.

내가 다니던 학교 근처에는 아주 작고 오래된 카페가 있었는데, 주인아저씨의 흑인 음악 사랑으로 가득한 공간이었다. 집에서도 가까워 일주일에 서너 번 그곳을 찾았고, 주인장 부부는 나를 딸처럼 아꼈다. 카페의 메뉴는 매일 달랐는데, 가끔 토마토소스에 졸인 양배추롤이 나오는 날이 있었다. 양배추롤이 나오는 날이면 오늘은 운이 좋다고 생각하며 주문을 했다. 양배추롤과 마가린을 바른 호밀빵을 먹고 진한 커피를 마시면서 주인장 부부와 수다를 떨었다. 주인장 부부는 우리 부모님보다도 나이가 훨씬 많으실 텐데, 우리는 세대를 뛰어넘어 영화와 음악과 정치 이야기를 나누었다.

카페를 나설 때는 아주머니가 시골에 있는

밭에서 농사지은 무농약 채소를 신문지에 한 아름 싸서 나눠 주시거나 영업 후 남은 빵을 챙겨 주셨다. 교토의 시골 소녀였던 나는 얻어 온 제철 채소로 요리를 하고, 남자 친구와 나눠 먹는 것을 너무나도 당연하고 사소한 일상으로 여겼다.

남자 친구가 그곳에서 아르바이트를 하며, 그 양배추롤은 시판 냉동식품이라는 것을 뒤늦게 알았다. 유난히도 뜨겁던 커피는 미리 내려둔 커피를 냄비에 데워 내신 것이라는 점 정도야 일찌감치 알고 있었다. 하지만 나에게 교토의 커피는 그곳의 커피다. 내 기억 속 양배추롤 역시 그곳이 최고다. 앞으로도 내가 만든 양배추롤이 그 맛을 넘을 일은 없을 듯하다.

집밥, 집 밖으로 나오다

11월의 마지막 주는 팝업 식당 준비로 꽉 채워 보냈다. 바쁘게 지내면 식생활이 엉망이 되기가 쉽다. 직장 생활을 하던 시절에는 프로젝트 진행으로 바빠서 끼니를 챙길 시간조차 없었고, 식사할 짬이 나도 편의점 도시락으로 대충 때웠다.

하지만 이번에는 달랐다. 식당 오픈에 앞서 메뉴를 구성하고 레시피를 정리해서 다시 만들고, 미리 만든 음식 사진을 찍는 등 요리를 하는 시간이 대부분이었다. 팝업 식당에서 내가 평소 좋아서 먹는 음식을 대중에게 선보이는 만큼, 바쁘게 일을 하면서도 나는 평소와 같은 밥을 먹을 수 있었다. 며칠 동안 같은 메뉴를 먹어야 했지만, 평소 식습관이라 이 역시 어렵지 않았다. 팝업 식당 영업을 앞두고 일주일 동안 비슷한 것들을 먹기에 앞서 다른 반찬들로 한 끼 식사를 차려 보았다.

- 현미밥
- 섬초나물
- 콩자반
- 미나리페스토에 버무린 구운 연근

팥과 마찬가지로 검은콩 역시 신장 기능을 돕는 식재료다. 신장이 지치기 쉬운 겨울철에 효자와도 같은 재료다. 검은콩으로 만든 콩자반을 반찬으로 올렸다. 여기에 미나리페스토에 구운 연근을 버무리고, 제철을 맞은 섬초도 빼놓을 수 없어 나물로 무쳐 곁들였다. '최후의 만찬'이라고 부르려 했지만, 차리고 보니 양이 적은 내 밥상을 만찬이라 부르기에는 다소 무리가 있었다. 하지만 충분히 만족스러운 한 끼였다. 제철을 맞아 한껏 물오른 재료를 그 시기의 내 컨디션에 맞춰 먹을 수 있다는 것만으로도 충분히 만족스러웠다.

팝업 식당을 준비하며 고민이 많았다. 마크로비오틱 자체가 일반 대중에게는 아직 낯설기도 하며, 그동안 마크로비오틱으로 외식업은 성립할 수 없다는 것이 나의 지론이기도 했다. 그 음식을 먹는 사람의 체질과 컨디션에 맞춰 메뉴를 구성하고, 조리법을 바꾸는 것이 마크로비오틱다운 것이라 생각했기 때문이다. 맞는 이야기일 수도 있지만, 고지식한 철학 때문에 마크로비오틱의 문을 여는 것조차 망설이는 사람들이 많을 것이라는 우려를 했다.

그래서 우선 나부터 편하게 즐기기로 했다. 내 음식에 관심을 갖고 있는 사람들에게 내가 좋아해서 평소 먹는 것을 내어보는 것이다. 이런 즐거움을 굳이 머리를 싸매고 생각할 필요는 없다. 각자 자신의 마크로비오틱은 다르겠지만 '나의 마크로비오틱은 이래요' 하고 선을 보이는 것이다. 마크로비오틱이란 딘이가 특이해서 그렇지, 현미밥에 제철 채소 반찬을 곁들인 집밥을 떠올리면 쉽다. 우리가 매일 마주하는 '오늘'처럼 마크로비오틱은 편하고 자연스러운 삶의 한 가지 방식이다.

더 많은 사람들에게 가볍게 마크로비오틱을 경험할 기회를 늘려보자는 생각에서 첫 주의 메뉴를 구성했다. 기본 중의 기본 현미밥 그리고 표고버섯과 다시마 채수에 된장을 풀어 끓인 근대 된장국. 겨울철 지치기 쉬운 신장을 도와줄 단호박 팥조림. 동물성 식품인 버터와 계절감에도 맞지 않는 밀가루 루 대신 연두부, 현미가루, 누룩소금으로 크림을 만들어 얹은 연두부크림 그라탱. 젓갈을 쓰지 않고 극음성의 설탕 대신 배와 홍시로 달콤한 맛을 내며, 양의 성질에 가까운 찰수수가루풀을 사용한 깍두기. 제철 단감을 넣어 디저트가 따로 필요 없던, 참깨 두부소스에 버무린 쑥갓 단감무침.

이 모든 음식은 늘 내가 일상적으로 먹는 메뉴다. 메뉴를 구성하고 보니, 평소 내가 해 먹는 것들은 기본적으로 마크로비오틱의 원칙을 따른 것들이기에 계절감이 맞지 않는 일도 없을뿐더러, 크게 음 또는 양으로 치우치지도 않는다. 이 계절에 앓기 쉬운 질환에도 대응할 수 있는 메뉴다. 늘 우리 집 식탁에 오르던 나의 집밥이 논현동을 떠나 상수동에 등장할 날을 기다리며 가슴이 설렜다.

영업 첫 주. 많은 분들이 찾아오셨다. 준비한 재료가 많지 않아서 점심 식사는 연일 품절되었고 머핀 또한 첫날부터 품절되었다. 그렇다고 해서 행복한 이야기만 있는 것은 아니었다. SNS에서 주로 나를 지켜보는 분들 대부분이 건강에 관심이 많은 여성분들이서인지, 술과 함께하는 메뉴를 준비한 저녁 영업 때에는 내가 준비한 만큼 손님이 오지 않았다.

첫 주 영업을 끝내고 다음 날부터 저녁 영업을 위해 준비했던 음식들을 야금야금 먹으며 지냈다. 아쉽게도 저녁 영업을 위해 야심차게 준비한 딜 두부딥과 미나리페스토가 남았다. 남아서 아쉽다기보다 야심차게 준비했지만 맛본 사람이 몇 없어서 아쉬웠다. 특히 딜 두부딥은 아침 식사 삼아 빵에 발라 먹으면 아침부터 와인을 따고 싶은 충동이 드는 맛이다. 미나리페스토 역시 파스타나 구운 뿌리채소에 버무려 먹으면 술안주로 제격이다. 하지만 제아무리 상품이 좋아도 그 상품을 원하는 소비자에게 제대로 전달되지 않으면 무용지물이라는 것을 깨달았다.

어찌 됐든 우리 집 주방에 잠들어 있던 나의 마크로비오틱 집밥이 집 밖으로 나왔다. 이제 남은 기간 동안 더 많은 사람들에게 나의 즐거운 마크로비오틱 요리를 나눌 일만 남았다.

얌전하고 수수한 빛깔, 겨울의 식탁

무가 맛있는 계절이 돌아왔다. 하얗기만 한 녀석이 어찌 이리도 달까. 얼마 전 사 온 무는, 칼로 가를 때부터 청량한 즙이 뿜어 나오는 것이 먹기 전부터 설렜다. 할머니는 일찌감치 무나물을 만드셨고, 나는 깍두기를 담갔다. 평소 같으면 처치 곤란해서 냉장고에 처박혀 있기 쉬운 무를 이맘때엔 매주 산다. 제주도처럼 따뜻한 지역이 아니면 제철 노지 채소의 다양성이 줄어드는 한반도의 겨울. 이런 계절, 무는 소중한 재료다.

그렇다고 해서 겨울철 채소 반찬으로 무와 배추만 먹고 살아야 하는 것은 아니다. 겨울에 우리는 따뜻한 계절에 재배한 채소를 말려두었다가 나물로 먹는다. 이러한 말리는 조리 역시, 양의 조리의 한 가지다. 음의 성질이 강한 겨울철에 먹는 말린 나물은 몸속 음양의 밸런스를 잡기에 딱이다.

이런 말린 나물들은 맛있게 먹으려면 꽤나 신경을 써야 한다. 물에 불리는 시간과 삶는 시간 등 집집마다 그 방법은 다르지만, 하나같이 다들 시간이 걸리고, 그다음 조리 과정으로 넘어가는 타이밍 또한 다르다. 시간을 들여 손질했다고 해서 다 맛있는 것도 아니다. 자칫 잘못 삶으면 무르고 향이 없으며, 반대로 손질이 부족하면 질기다. 이 때문에도 마른 나물을 맛있게 하는 밥집을 발견했을 때에는 명인의 집으로 인정하곤 한다.

나 역시 여러 시행착오 끝에 내 나름의 마크로비오틱 스타일로 말린 나물을 손질하는 방법에 정착했다. 냄비 뚜껑을 열 때부터 뿜어져 나오는 취나물향에 만족스러운 레시피가 탄생했음을 직감했다. 말린 재료들은 모처럼 품어 온 양의 성질을 물에 너무 오래 불려 과하게 음성화되지 않으면서도, 특유의 향취를 지닌 채 부드럽게 잘 손질됐다. 마크로비오틱의 본고장에서 마크로비오틱을 배웠지만 우리 특유의 식문화에 대해서는 나름의 해석이 필요하다. 이런 점을 생각하며 시행착오를 거쳐 최상의 방법을 찾아가는 과정이 즐겁다.

이렇게 손질하고 볶아 만든 취나물과 할머니의 무나물, 나의 깍두기가 올라온 한 상은 얌전하고 수수한 빛깔을 띠고 있다. 토마토, 가지, 옥수수로 쨍하던 여름철 식탁과는 사뭇 다르다. 알록달록했던 여름의 식탁은 싱그럽고, 겨울의 식탁은 이 계절만의 매력이 있다.

같은 말린 나물이어도 조금씩 다루는 방법이 다르고, 어떻게 다루는가에 따라 식감과 향이 달라진다. 골치가 아프기도 하지만 이런 것이 말린 재료를 다루는 묘미 아닐까. 얼마 전에는 말린 호박, 말린 가지, 말린 토마토로 라타투이(ratatouille)를 만들었다. 따끈한 냄비 요리이기에 몸이 따뜻해질 것 같은 인상을 풍기는 라타투이는 주키니호박, 가지, 토마토 등 몸을 식히는 대표적인 여름철 채소로 만든 음식이다. 비건 음식점들에 아쉬운 점이 있다면 겨울철에도 이런 토마토, 가지를 사용한 메뉴가 유독 많다는 점이다. 여름철에는 반갑지만 겨울철에는 손을 대고 싶지 않은 메뉴다. 하지만 '말린 채소를 사용한다면 겨울다운 라타투이를 만들 수 있지 않을까?' 하는 호기심에 음의 성질을 최대한 억누르고 재료에 양의 성질을 더해 만든 한 그릇. 그렇게 해서 완성된 라타투이 파스타는 무르지 않고 쫄깃한 말린 채소 특유의 식감과 향이 겨울다운 음식이다. 가볍게 졸인 톳을 넣어도 밸런스가 맞을 것 같다. 그러나 불은 면발을 보니 휘리릭 볶아 만드는 파스타보다는 시간을 들여 차린 밥상이 역시 나다운 식단인 듯하다.

그러나 여전히 동경은 있다. 파스타를 볶는 화려한 스냅, 마늘을 한 방에 으깨는 칼질. 어디까지나 동경일 뿐. 나는 오늘도 옴지락옴지락 재료를 채 썰고, 약불에 자분자분 재료를 볶으며 요리한다. 그래도 재료 입장에서는 좋을 것 같다. 꺼질 듯한 약불에 밥을 앉힐 때면 냄비 속 현미가 '아, 불이 은근하니 따뜻하구나' 하고 흐뭇해할 것 같다.

방구석에서 귤 까먹는 시간

이제 곧 연말인가 싶더니 어느덧 12월도 두 주가 지났다. 팝업 식당도 3주차 영업을 했다. 나의 식당에서 세 번째 플레이트가 나갔다.

지난주 플레이트

- 현미밥
- 단호박 과육과 껍질로 만든 두 가지 색의 샐러드
- 연근과 두부를 넣은 유부주머니 나베와
  제주 레몬으로 만든 폰즈
- 참깨소스와 감귤을 올린 무 브로콜리소테
- 무말랭이조림

• 젓갈과 설탕 없이 만드는 깍두기

마크로비오틱의 기초를 지키고 싶다는 고집이 있다. 기본적인 반찬 중의 한 가지인 무말랭이조림을 식단에 올리고, 외식업계에서는 고운 때깔을 위해 천대받는 단호박 껍질도 등장했다. 하지만 노란 단호박 과육과 함께 껍질을 으깨버리면 건강에는 좋지만 손이 가지 않는 음식이 될 것이 뻔하다. 껍질을 사용하되, 따로 발라내어 으깨서 두 종류의 단호박 샐러드를 만들었다. 과육은 카레향 샐러드로, 껍질은 견과류, 머스터드와 섞어 씹는 식감을 살린 샐러드로 만들었다.

겨울다움을 한껏 느낄 메뉴도 잊지 않았다. 연근과 두부로 속을 채운 유부주머니 나베다. 제철 알배추 국물이 시원하다. 다른 요리에 채수를 낼 때 사용한 다시마를 한 번 더 사용해 국물을 내고, 표고버섯 건더기는 유부주머니 소에 넣으니 버리는 것이 하나도 없다. 생협에서 제주산 레몬을 발견하고 상큼한 레몬 폰즈(ポンず, 간장과 식초, 또는 감귤류를 섞어 만든 일본식 소스)까지 곁들였다.

가게 밖에 내놓은 메뉴 중 나베가 적힌 것을 보고 들어온 손님도 있었다. 코끝이 시린 것이, 어느덧 나베가 어울리는 계절이 왔나 보다.

한반도의 겨울은 서너 달 전 여름이었다는 것이 믿기 어려울 정도로 춥다. 기온만을 생각해도 음성인 계절에 바깥 활동도 줄어드니, 몸 상태는 음으로 음으로 기울어간다. 넷플릭스 오리지널 시리즈를 무한반복하며 따뜻한 방구석에서 손가락이 노래지도록 귤을 까먹는 겨울이다. 음양의 조화를 추구해야겠지만, 이런 시간도 없이 겨울을 보낸다는 것은 너무 인간미가 없는 것 같다. 인생을 즐기기 위한 이런 시간은 만끽하되, 양의 요소를 더할 시간을 따로 마련하기로 했다. 바깥은 썰렁하게 추운 밤이지만 매트를 챙겨 들고 요가원으로 발걸음을 옮겼다. 주말 내내 서서 요리를 했으니, 누워만 있기보다는 빈야사 요가를 했다. 찌뿌둥했던 몸이 풀렸다. 마크로비오틱을 공부하면 음양의 조화를 생각하는 것이 즐거워, 언제든 음식으로 음양의 조화를 찾으려 하기 쉽다. 하지만 음과 양의 에너지는 먹을거리에만 있는 것은 아니다. 몸이 음으로 치우칠 때 양의 요소를 더하기 위해 요가를 하는 것처럼.

회사를 그만두고 요리의 길을 걷겠다고 했을 때 주변에서는 그렇게 요가를 하더니, 요가가 아니라 요리냐며 놀리기도 했다. 그만큼 요가를 좋아한다. 채식을 하며 요가를 즐기는 나를 보며, 형부는 '이효리처럼 나중에 서울을 벗어나 사는 것도 어울릴 것 같다'고 했다. 하지만 의외로 사람이 많이 사는 도시가 싫지만은 않다. 전철 안에서 사람 구경을 하며 이 생각 저 생각을 하는 이른 주말 아침 출근길은 꽤나 즐겁다. 많은 사람들과 관계를 맺고 얽히며 사는 것은 달갑지 않지만, 사람들을 관찰하며 이들로부터 영감을 얻는, 혼자가 아닌 혼자의 시간이 좋다. 나도 모르는 사이 나에게 주어진 환경에서 어느 쪽으로도 치우치지 않은 음양의 조화를 원하는 듯하다. 복잡한 서울을 떠나는 삶을 동경하는 사람들도 많지만, 나처럼 연결된 듯 연결되지 않은 듯한 도시의 삶을 바라는 사람들도 사실은 꽤나 있지 않을까? 이런 사람들은 서울을 떠났다가 아차, 싶을 수도 있다.

요가를 하고 집에 돌아와서 한밤중에 팥죽을

끓였다. 거리는 크리스마스로 흥이 오르지만, 나의 식탁은 크리스마스보다는 동지를 생각한다. 1년 중 해가 가장 짧아지며 음의 성질이 강해지는 동지에는 양의 성질을 더한 마크로비오틱 현미 팥죽으로 균형을 잡고, 새해를 맞이할 준비를 한다. 이 고마운 음식을 이번 주말에 손님들과도 나눠야겠다.

추운 겨울밤의 낭만

행사가 많은 한 주였다. 동지, 크리스마스 등. 정신이 들고 보니 팝업 식당 메뉴 준비가 다시 코앞에 닥쳐 있다.

오늘의 플레이트
- 현미밥
- 알배추 된장국
- 연근 햄버그스테이크와 치커리샐러드
- 깍두기
- 우엉 당근조림
- 아주까리콩조림을 얹은 고구마카나페

• 동지를 맞아 서비스로 낸 미니 현미 팥죽

마크로비오틱의 기본이 가득한 한 상이다. 마크로비오틱 채수, 된장, 마늘, 알배추만으로 끓여낸 된장국은 마크로비오틱의 기본 중의 기본이자 내가 가장 좋아하는 음식 중 하나다. 요즘 알배추는 어찌 그리 보드랍고 달콤한지 입에서 살살 녹았다. 이틀 연달아 만들며 틈틈이 먹어 질릴 법도 한데 질리지가 않는다. 기본 햄버그스테이크 중 한 가지인 연근 햄버그스테이크와 리마의 상급 발표회 과제이기도 했던 우엉 당근조림 역시 팝업 식당에 나왔다. 화려한 음식들을 시도해보려고도 했지만 내가 가장 자신 있고 좋아하는 것들은 이런 기본적인 것들이다. 돌아오는 빈 그릇을 보면 다행히도 손님들도 좋아하는 것 같다. 토종 콩인 아주까리콩을 사용한 콩조림을 설탕 없이도 어떻게 달콤하고 밤맛이 나게 만들 수 있냐며 놀라워했다.

크리스마스를 앞둔 주말 이틀 동안 식당 영업은 점심에만 하고 저녁에는 파티를 열었다. 크리스마스 직전의 주말이다 보니 많은 분들이 참

석하지는 않을 듯해 소소한 자리로 꾸미려 했으나, 많은 분들이 신청하셨다. 막연히 마크로비오틱에 관심이 있는 학생, 건강에 관심이 있는 요가 선생님, 비건 식생활을 하고 있는 새신부 등 비슷한 관심사를 가진 분들이 모였다.

파티를 주최하기로 했지만, 나는 미국 드라마에 나오는 파티를 진행할 만한 말주변이나 사교성이 없다. 처음 마음과 달리 파티다운 파티가 될 수 있을까 난감했다. 다행히 주방이라는 공간이 분위기에 한몫을 했다. 크리스마스이브 전전날 밤, 열 명이 겨우 들어가는 공간에 오손도손 모여 앉아 난로를 틀어놓고 함께 유부주머니를 오므리고 연근 햄버그스테이크를 빚으며 대화를 나눴다. 사회생활을 하며 스스로를 돌보는 식생활과 일상을 병행하기 어려운 고충, 자신도 모르게 자극적인 음식을 찾게 될 때 느낀 자괴감 등 같은 취향과 관심사를 나누는 동안 끈끈한 공감대가 형성되었다. 처음 만난 사람들이 모여 늦은 시간까지 술 한 방울 없이도 시간 가는 줄 모르고 이야기를 나누었다.

나이가 들면 카페나 식당을 열어 자신이 좋

아하는 것들로 공간을 채우고, 같은 취향을 가진 손님들과 매일 이야기를 나누며 즐겁게 살아가는 삶을 꿈꾸는 사람들을 보아왔다. 나는 그들을 보면서 '정작 그런 공간을 갖게 되면 즐겁게 요리하고 손님들과 대화하기는커녕, 화장실 청소와 진상 손님들 대응으로 곤혹스러운 시간을 견뎌야 할 거야'라며 내심 비관적인 입장을 취했다. 그런데 놀랍게도 그들의 꿈을, 어쩌다 보니 담담하게 내가 이루고 있었다. 그 저녁의 파티는 내게 선물 같은 시간이었다. 사람들과 아늑한 공간에 모여 앉아 요리를 하고 수다 꽃을 피우는 추운 겨울밤은 참 낭만적이었다.

이틀 동안 파티를 즐기고 난 다음 날은 하루 종일 이제 슬슬 적게 먹어도 되지 않겠냐며 몸이 신호를 보내온다. 그래서 12월 25일 크리스마스를 맞이한 아침 식탁에는 달랑 현미밥과 깨소금, 무말랭이조림만 올렸다.

내 삶의 질을 높여주는 요소들

　새해가 밝았다. 2018년 마지막 날에 차린 술상은 연두부크림과 우메보시와 말린 토마토를 얹은 브루스케타(bruschetta, 빵에 채소와 고명을 올린 이탈리아식 전채 요리) 그리고 시원한 라거 한 잔. 요리를 하다가 요가를 가고, 글을 쓰다가 어둑한 방에서 책을 읽으며 맥주 한 잔을 마셨다. 2018년은 내가 좋아하는 것들로 가득 채워 보냈다. 훌륭한 한 해였다.

　새해맞이 첫날은 떡국 대신 카레를 먹었다. 내가 팝업 식당 '오늘'을 빌린 공간, '프로젝트 하다'는 공유 공간이기에 목요일과 금요일에는 다른 팝업 식당이 운영된다. 목, 금 팝업 식당은 다양한 스파이스로 주로 비건 카레를 만드는 '지구커리'다. 지난주에 출근해 냉장고를 열어보니, 쪽지와 함께 지구커리의 주인장께서 남겨놓은 카레 한 병이 있었다. 종종 카레를 나누어 주시는 주인장께 나는 설탕과 젓갈 없이 담근 마크로비오틱 김치를 드리곤 한다. 한 공간을 나누어 쓰고 때로는 서로 음식을 나누며 사이좋게 지내고 있다. 늙은호박과 캐슈너트가 톡 튀는 스파이스를 부드럽게 감싸 안은 카레는 수수한 나의 밥상에 즐거운 이벤트가 되어준다.

카레를 든든히 챙겨 먹고 '프로젝트 하다'로 넘어가 김치를 담갔다. 콜라비로 만든 깍두기다. 며칠 전 이곳 운영자인 다운 님에게 연락을 받았다. 지인을 통해 실한 유기농 콜라비를 열 개 넘게 구매했는데 혼자서는 감당이 안 되니, 지구커리의 주인장과 함께 피클이나 깍두기를 담그지 않겠냐는 제안이었다. 그래서 우리는 휴일에 서로 도구와 재료와 용기, 콜라비를 가져와 함께 모여 피클과 깍두기를 담갔다.

콜라비를 썰고 절이다 보니 어느덧 점심시간

이다. 다운 님과 함께 근처 음식점에서 점심을 먹고, 단열을 하기 위해 비닐을 사러 다니며 두런두런 이야기를 나누었다. 편한 것에 익숙해지며 불필요한 소비를 당연하게 생각하는 삶, 배달 앱과 일회용품 사용량에 대한 이야기 등. 다운 님은 일회용품 없는 공유 공간 '프로젝트 하다'와 일회용품 없는 카페 '보틀팩토리'를 운영하고 있는 만큼, 다른 사람들은 까탈스럽게 볼 수도 있는 나의 관심사를 마음 놓고 말할 수 있었다. 우리의 20대와 30대의 이야기, 나의 두 번째 팝업 식당(과연 실현될 것인가?) 이야기 등. 매서운 겨울바람에 둘 다 후드를 뒤집어쓰고 돌아오는 길에 빵집에 들렀다. 다운 님이 호밀빵 한 토막을 사서 나에게 반을 나누어 주었다.

연이은 연말 모임에서 오랜만에 보는 얼굴이 많아서 그런지, 퇴사 후의 삶의 질 특히 '워라밸'에 대해 질문을 받는 일이 잦다. 주로 집에서 일을 하고 출근이 적은 나를 보며 아주 만족스러운 '워라밸'을 유지할 것이라고 생각하지만, 현실은 그렇지 않다. 여전히 직장 생활을 하던 때와 다를 바 없는 시간에 일어나고 사무실에서 일을 하던 시간보다 이른 시간에 요리를 시작한다. 팀으로 나눠 일을 하는 것이 아니라, 상품 기획(메뉴 구상, 커리큘럼 기획), 마케팅(남들은 논다고 생각하는 SNS 활동), 매출과 이윤 관리, 그 밖에 잡다한 일(재료 주문, 레시피 연구와 준비, 수업 자료 작성, 재고 관리, 설거지 등)까지 혼자 하기 때문에 나의 하루는 일정으로 꽉 차 있다.

퇴사 후 내 삶의 질을 높여준 것은 '워라밸'이 아니라 '사람'이었다. 퇴사 전에도 식탁을 통해 지속 가능한 삶을 추구하며 살 수 있을까에 대한 고민은 꾸준히 하고 있었다. 하지만 나의 하루에 주어진 24시간을 출퇴근, 업무, 취미에 조각조각 나누어 쓰는 것만으로도 너무나 짧았기에, 다른 관심 분야를 누군가와 나눈다는 것은 사치였다. 하지만 퇴사 후에는 오롯이 관심사에 쏟을 시간이 생겼고, 다양한 제안과 기회로 같은 취향과 관심을 가진 사람들을 만날 수 있었다. 이들과 시간을 보내며 책에는 나오지 않는 정보를 얻었고 신선한 자극을 받았다. 무엇보다도 내가 만난 사람들은 '기대(give and take)' 또는 '이해관계'를 넘어 마음을 열고 가치관을 공유하며 대화할 수 있는 이들이었다.

고요한 겨울날 아침에 다운 님이 나눠 준 호밀빵에 모락모락 김이 나는 돼지감자포타주를 곁들였다. 식탁 위에서는 전날 함께 만든 콜라비 깍두기가 익어가고 있다. 내 삶의 질을 높여주는 요소들을 생각하며 입 속의 빵을 음미했다.

따뜻한 생일상이 되기를 바라며

점심 쿠킹 클래스에 일곱 명의 수강생이 공간을 꽉 채웠다. 두 번째 시간을 맞이한 이번 수업에서 수강생들은 지난 수업의 후기를 들려주었다. 배운 요리를 집에서 엄마에게 만들어드렸다, 지난 한 주간 현미밥을 태우며 시행착오를 거듭했다는 등. 그 이야기를 듣는 것이 얼마나 큰 기쁨인지, 역시 나는 요리 선생을 할 팔자라는 생각을 했다.

그리고 저녁에는 식당 영업을 위해 새로운 음식을 차렸다.

오늘의 플레이트

- 현미밥
- 겨울 미네스트로네
- 연두부크림 그라탱
- 무말랭이 해초샐러드
- 단호박 팥조림
- 깍두기

우엉, 연근, 겨울 무, 고구마 등 뿌리채소들로 만든 겨울 미네스트로네(minestrone, 이탈리아식 야채수프). 뿌리채소의 달콤함과 땅콩의 감칠맛에 말린 토마토의 산미가 더해지니 맛이 없을 수가 없다. 연두부크림 그라탱은 메뉴로 선보일 때마다 '두부로 어떻게 이런 맛이 나냐'는 평가가 단골 멘트가 되었다.

점심 쿠킹 클래스가 끝났을 때만 해도 나는 요리 선생님을 할 팔자라 생각했지만, 요리사로서 손님에게 음식을 내고 깨끗하게 비워진 그릇을 받드는 기쁨 또한 놓칠 수 없다. 식당 영업을 하기 전에는 이렇게나 큰 기쁨일 줄은 몰랐다. 예약이 많아 편하지 않은 자리에 앉으셨음에도 불편한 기색 없이 정말 맛있다는 말을 건네는 손님, 요리하는 분의 정성이 담겨서 그런지 먹는 내내 고마운 마음이 들었다는 손님… 한마디 한마디가 요리사에게는 큰 힘이 된다.

토요일 늦은 저녁. 마감을 넘긴 시간이지만 아직 음식 정리를 하지 않은 채 설거지를 먼저 했다. 마감 시간 즈음에 방문을 약속한 손님을 기다리고 있었다. 여러 번 가게를 찾아온 손님. 오후에 그분으로부터 '포장 용기를 챙겨 갈 테니, 식사 메뉴를 포장해줄 수 있느냐'는 메시지를 받았다. 어떤 포장 용기를 가져올지도 모르고, 그라탱은 바로 오븐에서 꺼낸 것이 가장 맛있기에 고민이 되었다. 하지만 손님의 부탁에 응하기로 했다.

마감을 넘긴 시간에 손님이 뒤늦게 가게를 찾아왔다. 숨 가쁘게 들어와서 챙겨 온 밀폐 용기들을 꺼내 놓는다. '내일이 생일이라 맛있는 음식이 먹고 싶었거든요'라는 말과 함께.

생일날 먹고 싶은 음식으로 나의 음식을 선택했다니, 요리를 하는 사람에게는 최고의 평가가 아닐까. 그제야 여러 번 가게를 들렀던 그 손님과 도란도란 이야기를 나누었다. 그러면서 이 곳을 떠나 어딘가로 향할 음식들을 포장했다. 부디 즐겁고 따뜻한 생일상이 되기를 간절히 바라며.

일본 가정식은 돈 주고 사 먹으면서
왜 집밥은 대충 차릴까

퇴사 후 전혀 다른 영역으로 직업을 바꾼 뒤, 오랜만에 만난 지인들이 나의 변화에 놀라워하면서 쏟아 내는 비즈니스 아이디어를 듣는 재미가 생겼다. 도시락 사업, 유튜브 채널 개설 등 다양한 의견이 나오는가 싶은데, 대화는 자기 회사 옆에 쿠킹 스튜디오를 내고 점심식사 장사를 해 달라는 것으로 마무리된다.

한 지인이 팝업으로 집밥 식당을 운영하면서 쿠킹 클래스를 겸하라는, 나의 상황과 바람을 제대로 이해하는 제안을 한 적도 있다. 나의 팝업 식당 '오늘'의 시그니처 메뉴는 '현미밥 플레이트'. 현미밥 플레이트는 현미밥, 국 또는 스프, 김치와 반찬 세 가지로 구성된 한 상 차림이다. 검색을 하다가 우연히 내 식당에 들렀던 손님이 '집에서도 해 먹을 수 있는 음식이라 아쉬웠다'는 후기를 남긴 것을 보았다. 그 말이 맞다. 집에서 하지 못하는 음식을 내려는 시도를 해본 적이 없기 때문이다. 지인은 브런치 메뉴나 비건 치즈로 만든 피자 같은 구체적인 메뉴를 제안하기도 했다. 집밥은 어떻게든 대충 해 먹으니 큰돈을 주고 배우려고 하지 않을 거라는 근거와 함께, 조금 더 화려한 메뉴나 비건 베이킹 창업반을 여는 것은 어떻겠냐고 했다.

하지만 의아하다. 대학가를 중심으로 심심치 않게 '일본 가정식'을 파는 음식점을 찾아볼 수 있다. 일본 가정식뿐 아니라, 프랑스 가정식에서 시작해 어느 나라 음식인지 알 수는 없지만 '유럽 가정식'이라는 주제의 음식을 내는 곳들도 볼 수 있다. 소비자들은 주말 외식 메뉴로 다른 나라의 집밥에 아낌없이 돈을 쓰며, 요즘에는 연예인들이 취미로 다양한 가정식을 배우러 다니는 모습이 방송을 타기도 했다. 외식 메뉴나 요리 교실 메뉴로 '일본 가정식', '프랑스 가정식'은 종종 눈에 들어오지만, 지인의 조언대로 우리의 가정식은 일부러 찾아 먹거나 배우러 다니는 음식과는 거리가 있다.

매일 집에서 먹는 음식이 아닌 다른 음식을 먹어보고 싶은 욕구를 이해 못 하는 건 아니다. 하지만 집 밖에서는 근사한 브런치를 사 먹지만, 집에서는 냉장고 속 락앤락에 들어 있는 반찬을 꺼내 그대로 내거나, 전자레인지에 급히 데운 음식을 먹는 사람들이 많지 않을까. 직접 만든 음식이라면 그나마 낫지만, 재료의 출처나 조리 과정을 알기 어려운 음식들이 식탁에 올라오는 경우가 많을 것이다.

우리의 전형적인 집밥과는 조금 다른 밥상이지만, 내가 공부하고 연구하며 개발한 밥상에 자부심을 느낀다. 식탁에 올릴 음식에 스스로 자부심을 갖지 못한다면 주방에서 멀어지기 마련이고, 어디에서 오고 어떻게 만들어졌는지 알 수 없는 먹을거리에 삶은 압도될 것이다. 집밥 한 끼 차리는데 뭘 그리 대단하게 생각하느냐 할 수도 있다. 하지만 집에서 먹는 밥인 만큼 조금 더 가치 있는 한 끼를 만드는 데 자부심을 갖는 개인이 늘어나기를 기대해본다.

밀과 소금의 입장이라면

1월도 반이 지났다. 무섭도록 춥던 작년에 비해 올해 겨울은 수월하게 지나가는 것 같다. 겨울인데도 식탁에 조금씩 생채소나 푸른 것들이 보인다.

팝업 식당을 운영한 지도 어느덧 8주가 되어가고 쿠킹 클래스는 두 번째 수업을 맞이했다. 클래스는 주말에만 진행하지만, 평일은 클래스 준비로 꽉 채운 나날을 보냈다. 마크로비오틱 요리 선생님이 될 마음으로 회사를 나온 만큼, 그동안 바라던 수업을 실현하겠다는 나의 욕심이 한몫 더했다.

쿠킹 클래스의 메뉴

- 냄비로 지은 현미 기장밥
- 시그니처 메뉴인 당근포타주
- 무수분 채소찜
- 무말랭이 해초샐러드

이번 쿠킹 클래스의 주제는 마크로비오틱의 음양 이론. 주제에 맞춰 당근 한 가지만으로 다양한 조리를 해서 유난히 주황빛이 가득한 한 상이었다. 간단한 퀴즈 시간을 갖기도 했다. 음식 재료의 음양을 이해할 수 있는 퀴즈를 내며 채소가 자라는 환경과 제철, 식재료가 만들어지는 과정에 대해서도 알아보았다. 생각보다 많은 분들이 퀴즈를 맞히지는 못했다.

수업을 진행하는 입장에서 나는 한 가지 바람을 갖고 있다. 수업을 통해 음식을 선과 악의 잣대로 평가하는 것이 아니라, 음과 양의 성질로 바라보는 관점을 가졌으면 하는 바람이다. 땅에서 나고 자란 자연스러운 것들은 다들 의미가 있다. 그 식재료만의 에너지와 생명력을 가졌기 때문이다.

하루가 멀다 하고 우리 앞에 온갖 건강 정보가 쏟아져 나온다. 특정 식재료가 건강에 좋지 않다며 역적으로 몰리기도 하고, 어떤 재료는 슈퍼 푸드라 불리며 유행하기도 한다. 무작정 '먹어서는 안 될' 음식을 정하기도 한다. 하지만 나는 그런 주장과 기준에 의문을 가진다. 자연의 은혜를 얻고 살아가는 우리가 자연을 위에서 내려다보며 선과 악으로 평가하고 있는 건 아닐까.

이분법적인 평가로 인해 역적으로 몰린 음식의 대표적인 예가 밀이다. 정제한 흰 밀가루뿐만 아니라 밀 자체가 암과 비만의 원인이 된다는 소문이 퍼지면서 '글루텐프리(gluten-free)'라는 새로운 시장까지 생겼다. 밀가루로 만든 빵과 파스타를 즐겨 먹는 지중해의 식생활도 대표적인 장수 식단으로 유명한데, 이제 와서 밀가루가 대역죄인이 되어 있는 모습을 보면 안타깝다. 서양의 조리 가운데 발효는 밀과 함께 발전해왔다고 보아도 과언이 아니며, 밀은 저렴한 값에 많은 인류의 식량을 책임지는 소중한 곡식이다.

소금 역시 마찬가지다. 나트륨이 고혈압의 원인으로 알려지면서 무엇에나 저염을 추구한다. 소금 간을 하지 않은 음식을 참고 먹는 해괴한 식생활마저 생겼다. 한번은 손님에게 내 김치는 젓갈과 설탕이 들어가지 않은 마크로비오틱 김치라는 설명을 했더니, 그래도 소금에 절여 만들지 않느냐는 의도를 알 수 없는 질문을 받은 적도 있다. "소금에 절여 만들지 않으면 그게 고춧가루를 푼 샐러드지, 김치입니까?"라고 되묻고 싶었다. 소금도 엄연히 몸에 필요한 요소이기에 필요한 양을 섭취하지 않으면 몸에 곧장 이상 신호가 온다.

밀과 소금은 우리에게 없어서는 안 될 식재료인데, 글루텐프리와 저염 식단의 유행 때문에 평가가 바뀌었다. 밀과 소금의 입장에서 생각하면 아무 잘못을 한 적이 없는데, 근거 없는 이간질로 친구들이 자기를 따돌리는 상황에 처한 것이다. 내가 없으면 우리 반이 제대로 돌아갈 리가 없는데… 재료를 선과 악의 잣대로 평가하는 것이 아니라, 음과 양에 맞는 선택을 할 때 식재료도 기뻐하지 않을까. 음의 계절인 추운 겨울에 굳이 강한 음성을 지닌 토마토나 가지를 찾는다면, 토마토나 가지 입장에서 '왜 나를 굳이 겨울에 찮나…' 하는 마음이 들 것 같다.

먹방, 쿡방이 넘쳐 나는 이 시대에, 화려한 채식 요리도 아닌 소박한 밥상을 차리면서, 이런 이야기를 듣는 수강생들 입장은 어떠할까 문득 걱정이 된다. 그래도 여전히 밀과 소금의 입장에서 생각하면 안타까운 건 어쩔 수 없다. 밀밭과 염전에 있을 때에는 이런 대우를 받을 거라고는 꿈에도 몰랐겠지.

재료와의 커뮤니케이션

마크로비오틱 쿠킹 클래스와 유난히 많았던 예약 손님들로 쉴 틈이 없던 주말을 보내고 다시 일상으로 돌아왔다. 주말이 지난 다음 날은 늘 영업 후 남은 음식들로 밥상을 채운다.

무말랭이 해초샐러드에는 쑥갓을 곁들이고 겨울 미네스트로네와 깍두기를 식탁에 올렸다. 깍두기가 참 잘 익었다. 날이 따뜻해지니 맛있는 깍두기를 먹을 계절도 이제 얼마 남지 않았다. 봄철 새로운 김치들을 담글 생각에 마음이 설렌다. 24절기에 맞춰 땅에서 나고 자라는 것들만 먹어도 늘 새롭게 맛있으니, 계절이 바뀌는 게 즐겁다.

슬슬 봄동이 보이기 시작한다. 봄동, 얼갈이, 배추는 비슷해 보이고 용도도, 다루는 법도 거기서 거기일 것 같지만 미묘하게 다르다. 그래서 채소의 세계는 심심할 여지가 없다. 작년보다는 포근하지만 아직은 영하의 날씨에 음식이 너무 가벼워질까 싶어 봄동을 말린 목이버섯과 함께 된장에 무쳤다.

채소로 밥상을 차려 낸다는 것은 드라마나 공연을 올리는 것에 비유할 수 있다. 전달하고 싶은 메시지를 표현하기 위해 각본을 쓰고 배역을 정하고 그 배역에 맞는 배우를 정하고 이들이 최상의 컨디션에서 연기를 할 조건을 갖추어주는 것처럼, 밥상을 차리는 것도 마찬가지다. 식사를 하는 사람의 컨디션을 생각해 식단을 구성하고 그 식단에 맞는 조리법과 재료를 고른다. 그리고 채소가 최고의 맛과 영양을 담아낼 수 있도록 계절과 재료의 상태에 맞춰 밑 작업을 한다. 그러기 위해서는 요리사가 무엇을 하고 싶은지도 중요하지만, 먼저는 공연을 할 배우인 재료의 성질을 이해해야 한다. 이 재료가 열을 만나면 어떻게 되는지, 기름을 만나면 어떻게 되는지, 어떻게 손질되기를 원하는지 등 재료의 목소리를 들으면서 요리를 시작한다.

요리는 재료와의 커뮤니케이션이다. 재료와 충분히 대화를 나누면 굳이 설탕이나 조미료 같은 불필요한 요소가 없어도, 내가 연출한 공연 무대의 배우들은 마음껏 기량을 발휘한다. 주인공은 어디까지나 식탁 위에 오른 음식이다. 이렇게 정성 들여 차린 식사를 마치고 만족스러워하는 손님의 얼굴을 볼 수 있다면 나는 백스테이지에서 뒷정리를 하면서 무척 행복할 것이다.

프랑스 제과학교 대신
손님들이 가르쳐준 것

　고등학생 때부터 제과를 했으니 오븐을 돌린 지도 10여 년이 흘렀다. 하지만 유명 제과학교 는커녕 전문교육기관에서 배워본 적이 없기에, 스스로 '파티시에'라 칭하는 것은 여전히 부끄럽다. 프랑스 유명 제과학교의 국내 분교를 다니기 위해 입학 허가를 받고 거금의 입학금을 낸 적도 있었다. 하지만 먹지도 않을 유제품과 계란, 설탕을 사용하며 제과를 배운다 생각하니 마음이 불편했다. 하루에 계란을 몇 개나 깨야 할까, 아찔했다. 결국 입학 전에 입학금을 환불받고, 졸지에 학생이 아닌 우아한 백조가 되었다.

제과학교를 다니지 않은 대신, 동물성 재료와 백밀가루, 백설탕을 사용하지 않으면서도 부족한 식감과 맛을 채우기 위해 레시피를 연구했다. 거듭되는 연구 끝에 비건 디저트 전문점에 견주어도 부족함 없는 레시피를 개발했지만, 베이킹을 전문적으로 배운 적이 없다는 자격지심은 지울 수 없었다. 나의 디저트 사진에 '먹어보고 싶다'는 인사성 댓글이 종종 달렸기에, 그저 맛보기용으로 조금만 만들어보자는 마음으로 팝업 식당 메뉴판에 올린 것이 시작이었다.

　버터, 우유, 달걀, 백설탕이 없는 대신 현미가루, 뽕잎가루, 감말랭이같이 옛스러운 재료들로 만드는 퓨전 디저트가 신기해서였을까. 손님들은 이 디저트를 몇 개씩 사 갔다. 디저트류는 영업 첫날부터 품절되었고 이 놀라운 상황이 매주 계속되었다. 팝업 식당을 시작하고 셋째 주부터는 생산 수량을 늘리고, 예약을 받을 지경에 이르렀다. 자그마한 나의 가정용 오븐은 주말 아침마다 쉴 새 없이 돌아갔다.

　머핀과 스콘은 손님들의 관심을 받으며 나날이 발전했다. 뽕잎가루와 팥앙금을 넣어 만든 머핀은 맛은 좋지만 설명이 복잡해 상품화할 생각이 없었는데, SNS에서 사진을 본 손님이 '팥품뽕(팥을 품은 뽕잎)'이라는 센스 있는 작명을 해주었고, 그 주부터 바로 팝업 식당에서 선보일 수 있었다. 팥품뽕을 사기 위해 예약을 하고 찾아오는 손님들도 있었다.

손님들의 반응을 보고 바로 레시피를 개량해 발전한 메뉴도 있었다. 통밀스콘이 그 주인공이었다. 겉은 바삭하고 속은 촉촉한 레시피를 개발했다며 자부했지만, 나의 통밀스콘은 '글루텐프리' 열풍에 현미머핀보다 현저히 인기가 적었다. 손님들의 반응에 맞춰 통밀스콘은 메밀스콘으로 다시 태어났다. 디저트류는 워낙 음의 성질이 강하기에 나의 디저트들은 양의 성질을 더하려 하는 편인데, 밀 대신 양의 성질이 강한 메밀을 사용하면서 시대의 흐름에도 발맞추고 마크로비오틱의 음양 밸런스도 잡을 수 있게 되었다. 처음 보는 메밀스콘의 등장은 지나가는 행인들의 발목을 붙잡았다.

심지어 글루텐프리 비건 베이킹 클래스를 해달라는 문의도 받았다. 베이킹을 전문적으로 배운 적이 없는 나에게 수업을 해달라니, 엄두가 나지 않았다. 하지만 아이들 손을 잡고 나의 식당을 찾아와 원재료에 대해 꼼꼼히 물어보고는 머핀을 한 아름 사 가는 손님들이 떠올랐다. 이분들이 원하는 것은 제과학교 출신 파티시에가 만든, 화려하고 우아한 디저트가 아니었다. 건강식을 제대로 공부한 사람이 만드는 몸에 부담이 적은 디저트였다.

'몸에 부담이 적은 디저트를 간단하게 만들 수 있다'는 점에 집중해 수업 공지를 올렸고, 순식간에 정원을 초과해 모집을 마감했다. 그동안 밀가루와 유제품, 달걀을 사용하지 않은 디저트가 지닌 아쉬운 식감을 보완한 레시피를 연구했다. 쌀머핀 특유의 떡 같은 식감, 너무 퍼석하거나 반대로 눅눅해서 아쉬운 스콘, 전병같이 딱딱한 쌀쿠키는 다시 먹고 싶은 마음이 안 들었다. 이런 식감을 보완하고 몸에 부담을 줄이기 위한 포인트는 마크로비오틱의 관점을 더하는 것이었다. '부담 없이 따라 하는 글루텐프리 & 비건 베이킹'이라는 제목으로 수업을 개설했지만, 사실상 '마크로비오틱 베이킹' 수업이었다. 오랫동안 베이킹을 해오고 프로로서 마크로비오틱을 공부한 나만이 만들 수 있는 레시피, 나만이 가르칠 수 있는 내용이었다.

베이커리 업계가 들썩이는 밸런타인데이 시즌에도 묵묵히 고지식한 수업을 진행했다. 내가 아니더라도 밸런타인데이 선물용 베이킹 수업을 할 수 있는 사람은 많다. 하지만 나의 마크로비오틱 베이킹 수업은 나만이 할 수 있다. 손님들의 반응이 없었다면 맛과 건강이라는 두 마리 토끼를 잡은 레시피, 그리고 탄탄한 이론을 동반한 마크로비오틱 베이킹 수업은 여전히 내 자격지심 뒤에 숨어 있었을 것이다. '팥을 품은 뽕잎' 머핀과 메밀스콘처럼 나의 색깔을 담은 마크로비오틱 디저트는 세상에 나오지 못했을 것이다. 아마 나도 안전하게 녹차머핀, 초코머핀을 찍어내고 있었을 것이다. 프랑스 제과학교에서 얻을 수 있는 지식을 갖추지는 못했지만, 요리를 하는 사람으로서 가져야 할 자신만의 색깔을 손님들이 만들어주었다.

봄을 입으로 맞이하며

입춘 즈음에는 냉이가 보이기 시작한다. 아직 날씨는 겨울이지만 겨울 무, 배추와는 덩치부터 확연히 다른 2월의 냉이를 보면, 슬슬 봄 준비를 할 때가 온 것을 눈으로 먼저 깨닫게 된다. 기다리고 기다리던 봄이 오고 있으니 계절의 변화에 맞춰 몸에도 변화가 필요하다. 겨울을 지나며 노폐물이 쌓이고 응축되어 양으로 기울어 있을 내 몸에도 봄기운을 조금씩 불어넣기 위해 장바구니에 냉이를 챙겨 왔다.

신문지와 쟁반을 준비하고 냉이를 다듬는다. 2월의 냉이를 시작으로 4월의 산나물까지 봄 채소를 다듬으며 채소 특유의 향을 코로 맡고 있으면 봄기운으로 충만해진다. 흙을 털고 여린 부분과 거친 부분을 나누고, 못 먹는 부분을 떼어 내는 과정은 가장 중요한 조리 과정이라고 해도 과언이 아니다. 주방에 붙어 있을 시간을 넉넉히 잡지 않고 이 과정을 대충 해버리면, 지나치게 무른 부분과 딱딱한 부분이 섞여 있거나 식사하다 졸지에 흙 맛을 보기도 해 가족들의 원성을 산다.

하지만 라디오를 틀어놓고 좋아하는 디제이가 들려주는 사연을 들으며, 여유롭게 냉이를 다듬는 시간은 꽤나 낭만적이다. 잔뿌리가 많은 털보 냉이, 물을 뿜어내듯 이파리를 펼친 분수 냉이, 잎은 짤막한데 뿌리는 긴 롱다리 냉이. 생김새는 제각각이지만, 모두 여리디 여리다. 앙증맞은 녀석이 아직 단단한 겨울 땅을 어떻게 뚫고 올라와 싹을 틔웠을까. 배추나 무도 아니고, 가녀린 냉이가 대견하다.

그리고 추운 날씨에 밭으로 나가 냉이를 캐어준 누군가를 생각한다. 음과 양의 조화, 신토불이 같은 마크로비오틱의 원칙 중 가장 중요한 것은 '고마운 마음'을 갖는 것이다. 하지만 매일 너무나 당연하게 돌아오는 식사 시간을 보내다 보면 이 마음에 소홀해진다. 2월의 냉이는 내가 잠시 잊고 지낸, 소중한 생명력을 고맙게 여기는 마음을 되새겨준 재료다.

이런저런 생각을 하며 냉이를 손질하다 보니 꼬질꼬질하던 냉이는 목욕이라도 한 듯 깔끔해져 있고, 내 손가락에는 까맣게 냉이 물이 들어 있다. 이제 우엉 손질할 일도 줄어들어 한동안 손에 검은 물이 들 일은 없겠구나 싶었는데, 어림도 없는 생각을 했던 내가 우스워 피식 웃음이 나온다.

곱게 손질한 냉이를 아직 추운 계절이니 데치기 같은 가벼운 조리보다는 뜨거운 기름에 튀겼다. 올해의 봄을 드디어 입으로 맞이한다. 한 입 두 입 씹을 때마다 느껴지는 달콤한 뿌리와 향긋한 잎. 비로소 오감으로 계절의 변화를 느낀다. 땅에도 나무에도 초록빛이 퍼지는 계절, 봄이 오고 있다.

도쿄의 그 여자, 교토의 그 남자

일본에서 일만 하며 살던 시절, 유일하게 취미라 할 만한 것은 미술관에 가는 것이었다. 한 달에 한 번 가는 정도였으니 '취미'라 부르기에는 난감한 빈도지만. 특히 현대미술과 개인전을 좋아했고, 그 교집합은 더더욱 좋아했다. 도쿄생활의 마지막 2년 반을 보낸 키요스미시라카와는 도쿄의 소호라고 불리는데, 이곳에는 도쿄도현대미술관이 있어 내 취미 생활에 아주 적합한 곳이었다.

현대미술 작품을 관람할 때에는 우선 내 나름대로 작품을 느끼고, 작가가 전달하고 싶었던 것을 추측해본다. 그러고 나서 리플릿이나 안내문을 읽으며 이해하는 시간을 가진다. 작가가 세상을 바라보는 시선, 그것을 표현하기 위해 선택한 참신한 수단에 흥미로움을 느끼면서 다른 한편으로 그들의 고집에 혀를 내두르기도 한다. 실내 전시장에 작은 호수를 만들고, 호수에 그릇들을 띄운 뒤 그릇들이 서로 부딪혀 소리를 낼 수 있게끔 호수 안에 모터 장치를 설치한 작가, 오키나와 해변에서 수년간 모은 쓰레기로 작품을 만드는 작가 등 그들이 선택한 수단과 표현 방법은 일반적이고 평범한 관점을 깨뜨렸다. 나는 누군가가 전달하고 싶은 이야기와 그의 고집을 말이 아닌 다른 수단으로 경험하는 것을 좋아했고, 이런 취향은 요리에도 이어졌다.

얼마 전 마크로비오틱 수업을 들으러 도쿄에 갔을 때, 이삼 년 만에 무척 좋아하는 작은 술집을 찾아갔다. 일본에 살 때, 출퇴근길에 이 가게 앞을 지나다녔고, 주인장의 출근길을 보았다. 손님들 앞에서는 늘 머리를 올리고 기모노 위에 조리복을 입고 있는 그녀는, 출근길에는 꾸미지 않은 모습으로 자전거를 타고 시장에서 사 온 신선한 재료를 손수 날랐다. 그녀의 작은 식당은 절기에 따라 그 계절 가장 맛있는 식재료를, 가장 어울리는 조리법으로 낸다. 일주일에도 몇 번이고 메뉴가 바뀐다. 술 역시 계절과 요리에 맞춰 일본 각지에서 사케를 공수한다. 그 때문에 그녀는 매번 손 글씨로 메뉴판을 새로 쓴다. 음식뿐인가. 가게 안의 꽃, 그림 등도 자주 바꾼다.

오랜만에 가게를 방문했더니 가게 내부가 조금 달라졌다. 2년 전 여덟 명이 앉을 수 있는 테이블이 있던 자리에 다다미를 깔고, 두세 명의 손님들이 카운터에 자리가 날 때까지 기다리며 앉아서 음식을 먹을 수 있는 공간으로 바꾸었다. 가게 일을 돕던 남동생이 다른 일을 하게 되면서 혼자 가게를 운영해야 해, 받을 수 있는 손님 수를 줄였다고 한다. 객단가가 오르지 않는 이상 매출은 줄어든다. 하지만 방문한 손님들에게 최상의 서비스를 제공하기 위해 그녀는 결단을 내렸다. 이날도 요리부터 서빙까지 모든 것을 혼자서 해내며, 그녀가 감당할 수 있을 만큼의 손님만을 위해 요리했다. 도쿄의 봄날, 그녀가 준비한 구운 잠두콩과 머위미소를 얹은 주먹밥에 그녀가 추천한 사케를 마셨다. 그녀만의 색깔이 담긴 맛이었다.

도쿄의 그녀에게서 느낀 고집을 교토의 한 고로케 전문점에서도 느낄 수 있었다. 고로케를 사랑하는 주인장이 고집스럽게 만든 고로케를 선보이는 곳이다. 이 고집이 특이하다 보니 방송과 잡지에도 여러 번 소개가 될 정도다.

고로케에 대한 고집도 범상치 않았지만 와인에도 관심이 있는지 일주일에 한 번, 저녁에 고로케 집이 와인 바로 변한다. 이날은 고로케 이외의 메뉴도 등장한다. 카운터에 자리를 잡고 점장과 대화를 하며 자연스럽게 와인을 소개받았다. "내추럴 와인이 참 많네요"라며 한마디 건넸더니, 돌아오는 한마디. "저희는 내추럴 와인만 다룹니다." 가격도 비싼데다가 구하기도 어려운 내추럴 와인만을 다루는 와인 바라니. 평소에는 테이크아웃으로 고로케를 팔기에 굳이 식당을 운영할 만한 크기의 점포를 구할 필요가 없었을 텐데, 비교적 큰 점포에서 일주일에 한 번만 와인 바를 운영하는 고집이 남다르다.

오랜만에 들렀으니 와인 안주로 고로케를 주문하려다가 혹시나 싶어 육류가 사용되는 고로케 메뉴가 있는지 물어보았더니, 고로케에는 모두 고기를 넣는단다. 아뿔싸, 고로케 전문점에서 고로케를 못 먹게 되었다. 주인장이 오랜 시간에 걸쳐 고기, 감자, 조미료 비율을 연구해 빚은 고로케인데도 말이다. 다행히 비채식인 시절에 먹어본 터라 덜 아쉽다. 대신에 몇 잔이고 리필하고 싶은 오렌지 와인과 내추럴 와인치고 드라이한 레드 와인을 무척 만족스럽게 마셨다. 이 가게를 통째로 서울로 데려가고 싶을 정도였다.

한 접시와 한 잔에 담긴 고집. 도쿄의 그 여자, 교토의 그 남자는 그들의 공간과 음식에 그들의 고집을 담았다. 그 고집스런 작품에 매력을 느낀 손님들이 끊임없이 찾아왔다. 나 역시 고집을 굽히지 않을 생각이다. 음식에 껍질을 벗기지 않은 연근이, 때로는 브로콜리 줄기가 등장하기도 해 손님들이 놀랄 수도 있다. 친환경에 첨가물을 섞지 않은 재료를 엄선하기에 평범한 집밥 같아 보이는 나의 요리는 점심에도 1만 원이 넘는다. 그 때문인지 평일 점심에는 파리가 날리기도 한다. 하지만 회사 점심시간에 후닥닥 끼니를 때우고 가는 6천 원짜리 한식 뷔페를 할 마음은 애당초 없었다. 식사와 함께, 마크로비오틱이라는 라이프 스타일을 경험하는 가치를 제공하려 했기 때문이다.

요리 선생님이기 이전에, 요리를 업으로 하는 한 사람으로서 나는 접시를 통해 어떤 이야기를 전달할 것인가. 그리고 그 음식을 먹는 사람이 어떤 생각을 갖고 갔으면 하는가. 도쿄의 그 여자, 교토의 그 남자를 보며 이 두 가지 질문을 내 안에 새겼다.

상수동의 오후 햇살을 즐기며

봄처럼 날이 따뜻하다. 지난 3개월 동안 주방에서 발이 시려워 푹신한 부츠에 두툼한 멜빵바지를 입고 일했다. 팝업 식당 마지막 영업을 하던 날, 수고했다는 듯 날씨가 좋았다.

팝업 식당을 하기로 마음먹었을 때에는 두 달만을 예정했지만, 욕심과 즐거움에 한 달을 더 하기로 했다. 고맙게도 앞으로도 계속 식당을 운영할 생각은 없냐는 질문을 종종 받았지만, 당분간 팝업 식당 운영은 어렵게 되었다. 두 달 정도 도쿄에서 마크로비오틱 공부를 하는 데 집중하기로 했다. 줄곧 도쿄에 가 있는 것은 아니지만,

매주 식당을 운영하는 것이 부담스러웠다. 더 좋은 음식으로 손님들을 만나고 더 좋은 커리큘럼으로 쿠킹 클래스를 진행하기 위해 재정비하는 시간 또한 필요했다. 음이 있으면 양이 있고 양이 있으면 음이 있는 것처럼, 앞만 보고 달리기보다는 돌아보는 시간을 갖기로 했다.

하지만 손님들과 수강생분들을 영영 떠나는 것은 아니다. 명확한 시기를 약속하기 어려울 뿐, 다시 식당으로든 쿠킹 클래스로든 돌아올 것은 확실하다. 그러기에 손님들과 수강생분들에게도 잠시 쉬어 갈 뿐이니, 뜨거운 안녕을 하지는 말아달라 부탁드렸다. 나 역시 편하게 식사를 내고, 여느 때와 다를 바 없이 수업을 준비했다.

2월 마지막 주의 플레이트
- 현미밥
- 봄동 두부 된장국
- 연두부크림 그라탱
- 생강향 시금치와 유부
- 미나리향 깍두기
- 냉이 사과샐러드

무, 배추, 무말랭이가 자주 등장하던 플레이트에 봄빛이 늘었다. 냉이는 손이 많이 가지만 봄이 오고 있는 이 계절의 플레이트에 꼭 담고 싶은 재료다. 오늘도 냉이 때문에 손끝이 흙빛이지만 흙 때가 탄 내 손이 정겹기만 하다. 이렇게 손질한 냉이는 소금에 살짝 버무린 사과와 함께 샐러드가 되었다. 길거나 두툼한 냉이 뿌리는 샐러드로 손님상에 오르기에는 다소 대담하기에, 잘게 다지고 간장에 졸여 드레싱으로 만들었다. 아직 생채소 샐러드를 먹기에는 이른 계절이다. 냉이는 가볍게 데치고, 사과는 살짝 소금에 버무려 음의 성질을 덜어 낸 봄철 샐러드를 내었다. 특유의 쌉쌀한 맛 때문에 어른 입맛을 지닌 손님들에게만 반응이 좋을까 걱정을 했는데 다행히도 꾸준한 인기를 자랑하는 그라탱을 뛰어넘을 정도로 호평을 받았다.

손님들이 자리를 비운 브레이크 타임. 뒤늦은 점심 식사를 하고 상수동의 오후 햇살을 즐겼다. 서쪽으로 창이 나 있어 늦은 오후면 사람을 졸리게 하는 햇살이 비치는 '프로젝트 하다'의 공간. 12월과 1월에는 세 시쯤 햇살이 가장 좋았다. 이 햇살이 2월이 되니 네 시쯤 들어오는 듯하다. 이 짧은 세 달 동안에도 햇살을 받는 시간이 바뀌고 있다. 내가 이곳에 돌아올 때에는 더 늦은 시간에 이 햇살을 쬐겠거니, 하는 생각을 하며 잠시 나른해졌다.

곧 저녁 영업을 준비해야 한다. 마지막 저녁 영업의 현미밥은 압력솥에 지었다. 봄이 왔다 싶어 얇은 옷차림으로 돌아다니다가 감기에 걸리기도 쉬운 만큼, 양의 성질을 살린 압력솥 밥을 지었다. 나의 식당을 자주 찾는 손님들, 내 수업에서 마크로비오틱의 문을 두드린 최연소 수강생 등 많은 손님들이 2월의 마지막 저녁 식사를 하러 들렀다. 식사를 하고 나서 카운터를 사이에 두고 마감 전까지 대화를 나누었다. 어색해서 손님들과 좀처럼 대화를 나누지 못하던 내가 이제는 제법 주인장 같은 모습으로 손님들을 맞이하고 있다.

손님들이 모두 돌아가고, 조금은 긴 쉼의 시간이 왔다. 영업을 마치고 짐을 정리해 집에 돌아갈 채비를 했다. 짐이 많을 줄 알았는데 챙겨보니 하루에 가져갈 수 있을 정도의 양이다. 콤

팩트하게 살아서도 그렇지만, 필요한 도구와 식기를 모두 갖춘 '프로젝트 하다' 덕분이기도 했다. 이곳의 인테리어나 각종 소품이 내가 내는 음식과 무척 잘 어울렸다. 덕분에 나를 알고 지내던 사람들이 이곳을 방문하고는 '원래 이곳에 있던 사람 같다'는 말을 많이들 했다. 나와 참 잘 어울린다고 생각한 이곳을 비우려니, 잠깐의 휴식이지만 실감이 나지 않는다.

주말 없이 살던 지난 3개월에 익숙해져서 다시 찾아올 주말이 잠시 어색하겠지만, 그 시간을 즐기려고 한다. 앞만 보고 달려가는 것은 나의 마크로비오틱 라이프가 아니기에. 나도 즐기고 더 많은 사람들과 즐기기 위해 정든 곳의 불을 끄고 문을 걸었다.

전혜연

일본 교토에서 공부하고 도쿄에서 회사를 다녔다. 워커홀릭으로 살다가 건강을 잃고 휴직을 하면서 마크로비오틱을 만났고 채식주의자가 되었다. 그러나 타고난 모범생 기질은 바꾸질 못하여 일본의 마크로비오틱 쿠킹 스쿨 리마에서 최상위 코스인 사범 과정을 마쳤다. 지금은 마크로비오틱의 대중화를 위해 메뉴와 커리큘럼을 개발하면서, 팝업 식당 '오늘'과 마크로비오틱 쿠킹 클래스를 운영하고 있다. 언젠가 차근차근 쌓은 경험을 나누고 함께 즐길 수 있는 공간인 마크로비오틱 쿠킹 스튜디오를 열 꿈을 꾸고 있다.

:: 산지니 · 해피북미디어가 펴낸 큰글씨책 ::

문학

보약과 상약 김소희 지음

우리들은 없어지지 않았어 이병철 산문집

닥터 아나키스트 정영인 지음

팔팔 끓고 나서 4분간 정우련 소설집

실금 하나 정정화 소설집

시로부터 최영철 산문집

베를린 육아 1년 남정미 지음

유방암이지만 비키니는 입고 싶어 미스킴라일락 지음

내가 선택한 일터, 싱가포르에서 임효진 지음

내일을 생각하는 오늘의 식탁 전혜연 지음

이렇게 웃고 살아도 되나 조혜원 지음

랑(전2권) 김문주 장편소설

데린쿠유(전2권) 안지숙 장편소설

볼리비아 우표(전2권) 강이라 소설집

마니석, 고요한 울림(전2권) 페마체덴 지음 | 김미헌 옮김

방마다 문이 열리고 최시은 소설집

해상화열전(전6권) 한방경 지음 | 김영옥 옮김

유산(전2권) 박정선 장편소설

신불산(전2권) 안재성 지음

나의 아버지 박판수(전2권) 안재성 지음

나는 장성택입니다(전2권) 정광모 소설집

우리들, 킴(전2권) 황은덕 소설집

거기서, 도란도란(전2권) 이상섭 팩션집

폭식광대 권리 소설집

생각하는 사람들(전2권) 정영선 장편소설

삼겹살(전2권) 정형남 장편소설

1980(전2권) 노재열 장편소설

물의 시간(전2권) 정영선 장편소설

나는 나(전2권) 가네코 후미코 옥중수기

토스쿠(전2권) 정광모 장편소설

가을의 유머 박정선 장편소설

붉은 등, 닫힌 문, 출구 없음(전2권) 김비 장편소설

편지 정태규 창작집

진경산수 정형남 소설집

노루뚱 정형남 소설집

유마도(전2권) 강남주 장편소설

레드 아일랜드(전2권) 김유철 장편소설

화염의 탑(전2권) 후루카와 가오루 지음 | 조정민 옮김

감꽃 떨어질 때(전2권) 정형남 장편소설

칼춤(전2권) 김춘복 장편소설

목화-소설 문익점(전2권) 표성흠 장편소설

번개와 천둥(전2권) 이규정 장편소설

밤의 눈(전2권) 조갑상 장편소설

사할린(전5권) 이규정 현장취재 장편소설

테하차피의 달 조갑상 소설집

무위능력 김종목 시조집

금정산을 보냈다 최영철 시집

인문

엔딩 노트 이기숙 지음

시칠리아 풍경 아서 스탠리 리그스 지음 | 김희정 옮김

고종, 근대 지식을 읽다 윤지양 지음

골목상인 분투기 이정식 지음

다시 시월 1979 10·16부마항쟁연구소 엮음

중국 내셔널리즘 오노데라 시로 지음 | 김하림 옮김

파리의 독립운동가 서영해 정상천 지음

삼국유사, 바다를 만나다 정천구 지음

대한민국 명찰답사 33 한정갑 지음

효 사상과 불교 도웅스님 지음

지역에서 행복하게 출판하기 강수걸 외 지음

재미있는 사찰이야기 한정갑 지음

귀농, 참 좋다 장병윤 지음

당당한 안녕-죽음을 배우다 이기숙 지음

모녀5세대 이기숙 지음

한 권으로 읽는 중국문화 공봉진·이강인·조윤경 지음

차의 책 The Book of Tea
오카쿠라 텐신 지음 | 정천구 옮김

불교(佛敎)와 마음 황정원 지음

논어, 그 일상의 정치(전5권) 정천구 지음

중용, 어울림의 길(전3권) 정천구 지음

맹자, 시대를 찌르다(전5권) 정천구 지음

한비자, 난세의 통치학(전5권) 정천구 지음

대학, 정치를 배우다(전4권) 정천구 지음